문학

'국어 한 권'을 펴내며

중학교 국어 교사는 종종 이런 질문을 받습니다.
"국어 공부 잘하는 방법 좀 알려 주세요."
이러한 질문에 대한 답은 언제나 '책 읽기'지요. 사람들은 뻔한 대답에 실망스러운 표정을 짓기도 하지만 어쩔 수 없습니다. 그러다 보면 다음과 같은 대화가 이어지기도 합니다.
"그럼 무슨 책을 읽어야 하나요?"
"어떤 책이든 상관없어요. 관심 있는 책부터 읽어 보세요."
"관심 있는 게 없으면요?"
"그렇다면 국어 교과서에 있는 글부터 읽어 보세요."
"네? 교과서를 읽으라고요?"
이 말을 들으면 이해가 안 된다는 표정을 짓는 분들이 있더군요. 하지만 교과서는 매우 정교하고 체계적인 과정에 따라 만들어집니다. 특히 국어 교과서를 만드는 수백 명의 선생님들은 학생들의 눈높이와 흥미를 고려하여 수록될 작품을 꼼꼼하게 검토하고 고른답니다. 그러니 중학교 2학년 국어 교과서에는 중 2 학생들이 읽기에 적합하면서 학습에도 도움이 되는, 질 좋은 읽을거리가 담겨 있다고 보면 됩니다.
또한 수록작은 문해력, 표현력 등 중요한 국어 능력을 키우려는 명

확한 의도 아래 선정되므로, 그 의도를 알아 둔다면 작품을 훨씬 수월하게 이해할 수 있답니다. 학습에 대한 부담이 점차 커져 가는 중학교 2학년 학생에게 숨통이 트일 만한 이야기가 아닐 수 없습니다. 이토록 효율적인 독서라니, 왜 국어 교과서부터 읽으라고 했는지 이제 이해가 되나요?

2025년, 중학교 1학년을 시작으로 새 교육과정에 맞춰 개발된 교과서가 쓰였습니다. 2026년에는 1학년과 2학년이, 2027년에는 중학교 전 학년이 새 교과서로 공부하게 되지요. 그렇다면 바뀌는 국어 교과서는 이전과 어떤 점이 다를까요?

먼저 국어과 교육과정의 여섯 가지 역량(비판적·창의적 사고 역량, 디지털·미디어 역량, 의사소통 역량, 공동체·대인 관계 역량, 문화 향유 역량, 자기 성찰·계발 역량)을 기르기 위한 성취기준이 달라졌습니다. 성취기준이란 교과서를 학습한 결과 학생이 궁극적으로 할 수 있거나 할 수 있기를 기대하는 도달점을 뜻합니다. 교과서에서 '학습 목표'를 본 적 있지요? 이 학습 목표도 바로 성취기준을 바탕으로 짜인 것이랍니다. 교과서 속 작품과 활동은 모두 성취기준을 고려해 구성되는데, 이 성취기준이 달라지니 교과서의 전반적인 내용도 달라지는 것이지요.

개정된 교육과정에 따라 새로 개발된 10종의 국어 교과서는 서로 다른 글과 활동을 제시하고 있습니다. 그렇다면 우리 학교에서 배우는 교과서만 읽어도 충분할까요? 같은 성취기준을 바탕으로 10종의 교과서가 각각 어떤 작품을 선택했을지 궁금하지 않은가요?

이러한 고민과 호기심을 해결하기 위해 창비교육의 '국어 한 권'이 탄생했습니다. '국어 한 권'은 10종의 중학교 국어 교과서에 실린 문학, 비문학 작품을 선별하여 한 학년당 문학 1권, 비문학 1권으로 구성했답니다. '국어 한 권' 시리즈의 특징을 좀 더 알아볼까요?

- 10종의 국어 교과서에 실린 문학과 비문학 작품을 각각 1권에 담아 효율적으로 독서할 수 있도록 만들었습니다.

- 2022 개정 교육과정 교과서 편찬에 참여한 현직 국어 교사들이 직접 만들어 현장성과 전문성을 높였습니다.

- 교과서에 반영된 성취기준을 바탕으로 목차를 구성하고 작품을 선별하여 깊이 있게 이해할 수 있도록 했습니다.

- 작품마다 성취 수준을 확인할 수 있는 활동을 제시해 성취기준을 이해하기 쉽도록 도왔습니다.

- '수능 맛보기'를 추가해 중학생들이 수능에 대해 느끼는 막연한 호기심과 불안을 해소할 수 있게 했습니다.

    중학교 2학년은 몸도 마음도 많이 흔들릴 수 있는 시기지만, 그만큼 성장하는 시기예요. 남들과 비교하지 말고, 어제의 나보다 한 걸음만 더 나아갈 수 있도록 노력하는 것이 중요하답니다. 국어 공부가 때로는 지루하게 느껴질 수도 있지만, '국어 한 권'과 함께라면 분명히 '재미'를 찾을 수 있을 거에요. 여러분의 멋진 중학교 2학년을 응원합니다.

2025년 가을
엮은이 **김미성 신지연 오요한 전보영**

'국어 한 권' 속 성취기준, 함께 살펴볼까요?

이 시리즈의 각 권은 2022 개정 교육과정 국어과 성취기준 중
문학, 읽기 영역을 기준으로 구성되었습니다.

문학 편

영역	성취기준	『국어 한 권: 중2 문학』 차례
문학	보는 이나 말하는 이의 특성과 효과를 파악하며 작품을 감상한다.	**1부** 작품의 주제나 분위기를 만드는: **보는 이와 말하는 이**
문학	자신의 경험을 **개성적인 발상과 표현**으로 형상화한다.	**2부** 경험을 형상화하기: **개성적인 발상과 표현**
문학	작품에 반영된 **사회·문화적 상황**을 이해하며 작품을 감상한다.	**3부** 작품을 둘러싼 맥락: **사회·문화적 상황**

비문학 편

영역	성취기준	『국어 한 권: 중2 비문학』 차례
읽기	글에 사용된 다양한 **설명 방법과 논증 방법**을 파악하고, 그 타당성을 평가하며 읽는다.	**1부** 정확하고 타당하게: **설명과 논증**
읽기	**복합양식**으로 구성된 글이나 자료의 내용 타당성과 신뢰성, 표현 방법의 적절성을 평가하며 읽는다.	**2부** 비판적으로 읽기: **복합양식의 글**
읽기	자신의 독서 상황과 수준에 맞는 글을 선정하고 **읽기 과정**을 점검·조정하며 읽는다.	**3부** 점검하고 조정하기: **읽기 과정**

차례

'국어 한 권'을 펴내며   4

1부 작품의 주제나 분위기를 만드는
보는 이와 말하는 이

시	딸기 • 이재무	15
시	나무의 꿈 • 손택수	18
시	작지만 온몸인 은빛 물고기처럼 • 김선우	21
소설	동백꽃 • 김유정	24
소설	내가 그린 히말라야시다 그림 • 성석제	39
소설	기차가 달려간 곳에는 • 이옥수	55

2부 경험을 형상화하기
개성적 발상과 표현

시	괜찮은 척 • 김응	79
시	먼 후일 • 김소월	82
시	별 • 정진규	85
시	낙타 • 이장근	87
수필	모든 벽은 문이다 • 정호승	90
사설시조	두꺼비 파리를 물고 • 작자 미상	96
소설	양반전 • 박지원	99
소설	웬만해선 죽지 않아! • 박루아	108

3부 작품을 둘러싼 맥락
사회·문화적 상황

시조	하여가 • 이방원	133
시조	단심가 • 정몽주	133
시	꽃덤불 • 신석정	136
소설	수난이대 • 하근찬	140
시	산에 언덕에 • 신동엽	162
수필	마음 우물 • 유병록	166
소설	일용할 양식 • 양귀자	172
소설	아파트먼트 셰르파 • 이기호	187

4부 수능 맛보기   194

지은이 소개   222
출처 및 수록 교과서 목록   226
활동 예시 답안   228

1부

작품의 분위기나 주제를 만드는
보는 이와 말하는 이

들어가며

　같은 일을 겪었어도 그 일에 대해 서로 다르게 이야기한 경험이 있을 거예요. 예를 들어 현호와 예성이가 운동장에서 축구를 하다가 유리창을 깼다고 해 볼까요? 현호는 "예성이가 공을 세게 차서 유리창이 깨졌어."라고, 예성이는 "내가 패스한 공을 현호가 못 받아서 유리창으로 공이 날아갔어."라고 말하네요. 그리고 축구를 구경하던 친구는 "현호랑 예성이가 축구를 하다가 유리창을 깼어."라고 합니다. 이렇게 같은 일을 겪었지만 누가 보고, 누가 말하느냐에 따라 전하는 이야기가 달라지지요.
　문학 작품도 마찬가지예요. 작품 속에서 사건을 바라보는 이를 **보는 이**, 바라본 내용을 전해 주는 이를 **말하는 이**라고 합니다. 보는 이와 말하는 이에 따라 같은 사건도 다른 이야기로 형상화되지요. 그래서 작가는 작품을 쓸 때 누구의 시각에서 어떤 목소리로 이야기를 전달할지 고심을 기울입니다. 작품의 주제를 효과적으로 형상화하기 위해 성인 또는 어린아이의 목소리로 이야기를 전하기도 하고, 남자 또는 여자의 시선으로 사건을 바라보거나, 식물이나 동물, 그리고 사물의 입장이 되어 이야기를 전달하기도 하지요.

 문학 작품을 읽을 때 보는 이와 말하는 이를 고려하여 작품을 감상하려면 화자와 서술자에 대해 알아야 해요. 시에서 말하는 이를 화자, 소설에서 이야기를 전달하는 이를 서술자라고 합니다. 화자는 시에서 '나'로 나타나는 경우가 있고, 작품 속에 특정 인물이나 사물로 나타나지 않고 작품 밖에서 어떤 현상을 바라보며 내용을 말하기도 하지요.

 소설에서는 이야기를 전하는 이를 서술자라고 하고 서술자가 사건을 바라보는 시각이나 관점에 따라 시점을 나눠요. 이야기 속 등장인물인 '나'가 사건을 관찰하여 전달하면 1인칭 시점입니다. '나'가 자기 이야기를 전달하면 1인칭 주인공 시점, 다른 인물을 관찰해 전달하면 1인칭 관찰자 시점이에요. 이야기 속 등장인물이 아닌 서술자가 등장인물의 이야기를 전하면 3인칭 시점입니다. 서술자가 등장인물의 행동과 말만 관찰해 전한다면 3인칭 관찰자, 등장인물의 속마음까지 알고 전하면 전지적 작가 시점이랍니다.

 말하는 이와 보는 이에 따라 문학 작품의 주제와 분위기가 달라지기 때문에 문학 작품 속에서 보는 이와 말하는 이를 파악하고 작가가 왜 이 대상을 보는 이 또는 말하는 이로 정했을지 생각해 보면 작품을 더 깊이 있게 감상할 수 있어요. 말하는 이와 보는 이가 누구인지, 그 효과가 무엇인지 파악하며 문학 작품을 읽어 볼까요?

● 1부 작품 한눈에 보기

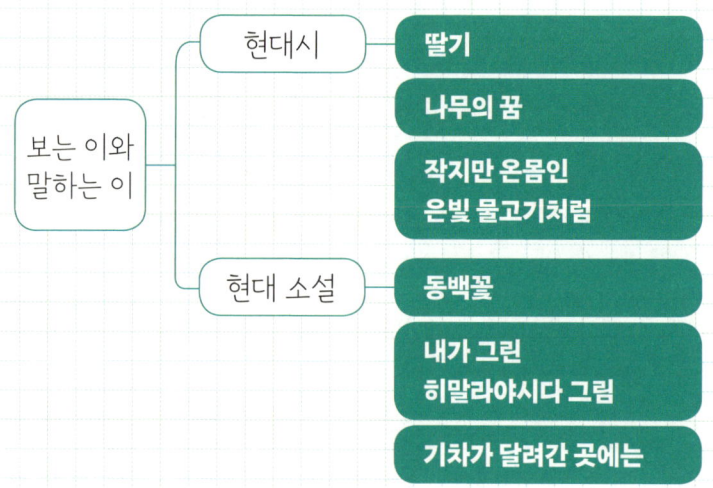

> 딸기가 농작물을 사 가는 사람들에게 건네는 말을 담은 시입니다. 화자의 말과 말투에 주목하며 시를 읽어 봅시다.

딸기

이재무

오십 리 길 짐차에 실려 왔어유
멀미도 가시기 전에
낯선 거리 쏴댕기면서
지 몸 살 사람 찾고 있지유
목마름은 이냥저냥 견딜 수 있슈
헌디, 볼기짝 쥐어뜯으며
살결이 거칠다느니
단맛이 무르다느니 허진 말어유
지 몸이 그냥 지 몸인가유
이만한 몸뗑이 하나 살리기 위해서두
하느님 손 농부 손 고루 탔어유
그러니께 지폐 한 장으루다

우리 식구 사돈에 팔촌까지 두루 사 가는 선상님들
몸값이나 후하게 쳐주셔야겠슈

「딸기」를 감상한 내용을 바탕으로 다음 활동을 해 봅시다.

1. 다음은 이 시의 화자와 화자가 처한 상황을 정리한 글입니다. 빈칸에 공통으로 들어갈 말을 적어 봅시다.

> 시 속에서 말하는 이는 ____ 이다. ____ 는 시장에서 '지 몸 살 사람' 즉 자신을 사 갈 사람을 기다리고 있다. 흠집을 내며 가격을 깎으려는 사람들의 모습에서 ____ 를 기른 농민들의 노고가 충분한 대가를 받지 못하는 상황이 드러난다.

2. 다음에서 알 수 있는 이 시의 표현상 특징으로 적절한 것에 ○ 표시를 해 봅시다.

> 몸값이나 후하게 쳐주셔야겄슈

- (표준어 / 사투리)를 사용하여 소박하고 재치 있는 느낌을 준다.
- (의인법 / 직유법)을 사용하여 딸기가 농부의 입장을 대신 말한다.

3. 화자를 다른 농산물로 설정하여 시의 일부를 바꿔 써 봅시다.

> 예
> - 화자: 쌀
> - 우리 아재 손에서 몇 달이나 이쁘게 이쁘게 크다가
>   가을에 세상에 딱 나왔응게, 그런 내 몸값 좀 올려 부러잉

> 나무에게 건네는 화자의 말에서 세상을 살아가는 태도가 드러나는 시입니다. '나무'에 대한 화자의 태도에 주목하며 시를 읽어 봅시다.

나무의 꿈

손택수

자라면 뭐가 되고 싶니
의자가 되고 싶니
누군가의 책상이 되고 싶니
밟으면 삐걱 소리가 나는
계단도 있겠지
그 계단을 따라 올라가는 다락방
별빛이 들고 나는 창문틀도 있구나
누군가 그 창문을 통해 바다를
생각할지도 몰라
수평선을 넘어가는 목선을 그리워할지도 몰라
바다를 보는 게 꿈이라면
배가 되고 싶겠구나
어쩌면 그 무엇도 되지 못하고

아궁이 속 장작으로 눈을 감을지도 모르지
잊지 마렴 한 줌 재가 되었지만
넌 그때도 하늘을 날고 있는 거야
누군가의 몸을 데워 주고 난 뒤
춤을 추듯 피어오르는 거야
하지만, 지금은
다만 내 잎사귀를 스치고 가는
저 바람 소리를 들어 보렴
너는 지금 바람을 만나고 있구나
바람의 춤을 따라 흔들리고 있구나
지금이 바로 너로구나

「나무의 꿈」을 감상한 내용을 바탕으로 다음 활동을 해 봅시다.

1. 이 시에 등장하는 다음 소재들의 공통점을 찾아봅시다.

| 의자   책상   계단   창문   배 |

2. 시의 다음 부분에 드러나는 화자의 특징이 무엇인지 적어 봅시다.

> 다만 내 잎사귀를 스치고 가는
> 저 바람 소리를 들어 보렴

3. 화자가 '아궁이 속 장작'을 보며 할 수 있는 말로 적절한 것에 ✓ 표시를 해 봅시다.

- ☐ 네가 의자, 책상, 계단, 창문, 배가 되지 못한 것은 노력이 부족했기 때문이야.
- ☐ 누군가의 몸을 데워 주고 한 줌 재가 되었으니 너의 삶은 충분한 가치가 있어.
- ☐ 바람 소리를 듣고 바람의 춤에 따라 흔들렸던 과거를 기억하며 현재의 고통을 이겨 내도록 해.

> 자신만의 삶의 방식을 찾아가는 화자의 모습이 담긴 시입니다. 화자와 은빛 물고기의 모습을 중심으로 시를 읽어 봅시다.

작지만 온몸인 은빛 물고기처럼

김선우

나는 새들의 말을 알아들을 수 없고
가난한 사람들을 부자로 만들 수 없고
지진, 화산 폭발, 가뭄, 홍수를 막을 수 없고
학교를 없애 버릴 수 없어

하지만 나는 새들에게 내 식대로 인사할 수 있고
교실 구석에서 시들어 가는 화분에 물을 줄 수 있고
지하철 좌석을 할머니에게 양보할 수 있고
지진으로 집을 잃은 지구 저편 아이들을 위해 내 용돈 삼천 원을 보탤 수 있고
물을 함부로 낭비하지 않으려고 노력할 수 있고
학교 도서관에서 더 넓은 세상의 책들을 읽을 수 있고
경비 아저씨에게 감사의 인사를 드릴 수 있고

좀 더 나은 세상을 위해 노력하는 시민들을 응원하는 "좋아요"를 표현할 수 있고
내 방을 내가 청소할 수 있고
식구들을 위해 설거지를 할 수 있어
무엇보다 나는 어떤 행동을 할 때
그것이 나와 더불어 사는 사람들을 위해
도움이 되는 것인지 고민할 수 있어
적어도 한 번 더 생각하고 행동할 수 있어

나는 아직 어리지만
파도를 헤쳐 나가는 용감한 은빛 물고기처럼
온몸으로 물보라를 일으키며 나의 길을 갈 수 있어

「작지만 온몸인 은빛 물고기처럼」을 감상한 내용을 바탕으로 다음 활동을 해 봅시다.

1. 이 시에서 화자가 자신이 할 수 있는 일과 할 수 없는 일이라고 한 것을 바르게 연결해 봅시다.

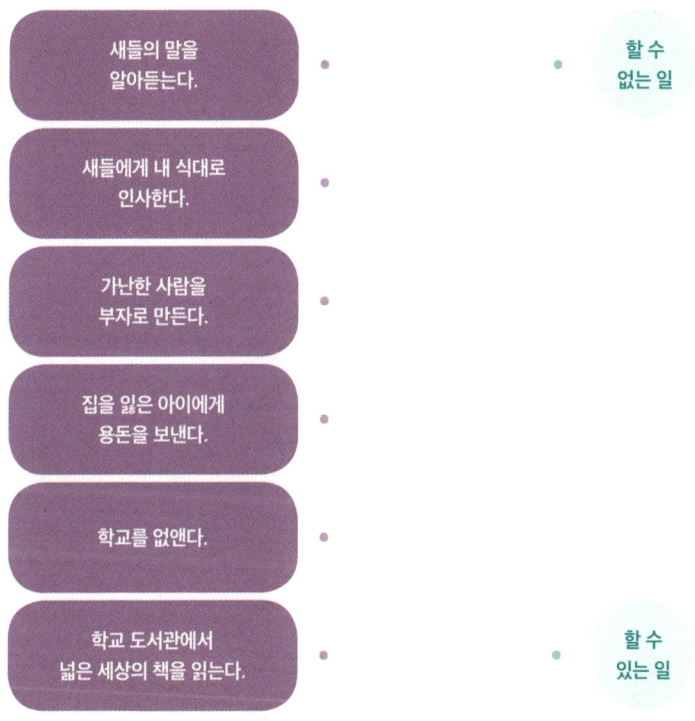

2. 화자와 은빛 물고기의 공통점을 파악해 봅시다.

3. 화자가 삶을 대하는 자세를 통해 이 시의 주제를 설명해 봅시다.

> 농촌 소년과 소녀의 이야기가 '나'인 농촌 소년의 눈과 말로 전달되는 소설입니다. 서술자의 말투와 관점에 주목하며 글을 읽어 봅시다.

동백꽃

김유정

    오늘도 또 우리 수탉이 막 쪼이었다. 내가 점심을 먹고 나무를 하러 갈 양으로 나올 때이었다. 산으로 올라서려니까 등 뒤에서 푸드덕푸드덕하고 닭의 횃소리가 야단이다. 깜짝 놀라며 고개를 돌려보니 아니나 다르랴, 두 놈이 또 *얼리었다.
    점순네 수탉(은 *대강이가 크고 똑 오소리같이 *실팍하게 생긴 놈)이 덩저리 작은 우리 수탉을 함부로 *해내는 것이다. 그것도 그냥 해내는 것이 아니라 푸드덕하고 *면두를 쪼고 물러섰다가 좀 사이를 두고 또 푸드덕하고 모가지를 쪼았다. 이렇게 멋을 부려 가며 여지없이 닦아 놓는다. 그러면

- 얼리다: 둘 이상의 사람이나 짐승이 한데 섞여 어우러지다.
- 대강이: 머리를 속되게 이르는 말.
- 실팍하다: 사람이나 물건 따위가 보기에 매우 실하다.
- 해내다: 상대편을 여지없이 이겨 내다.
- 면두: '볏'의 사투리.

이 못생긴 것은 쪼일 적마다 주둥이로 땅을 받으며 그 비명이 킥, 킥 할 뿐이다. 물론 미처 아물지도 않은 면두를 또 쪼이어 붉은 선혈은 뚝뚝 떨어진다.

이걸 가만히 내려다보자니 내 대강이가 터져서 피가 흐르는 것같이 두 눈에서 불이 버쩍 난다. 대뜸 지게막대기를 메고 달려들어 점순네 닭을 후려칠까 하다가 생각을 고쳐먹고 •헛매질로 떼어만 놓았다.

이번에도 점순이가 쌈을 붙여 놨을 것이다. 바짝바짝 내 기를 올리느라고 그랬음에 틀림없을 것이다.

고놈의 계집애가 요새로 들어서서 왜 나를 못 먹겠다고 고렇게 아르렁거리는지 모른다.

나흘 전 감자 •쪼간만 하더라도 나는 저에게 조금도 잘못한 것은 없다.

계집애가 나물을 캐러 가면 갔지 남 울타리 엮는 데 •쌩이질을 하는 것은 다 뭐냐. 그것도 발소리를 죽여 가지고 등 뒤로 살며시 와서

"얘! 너 혼자만 일하니?"

하고 긴치 않은 수작을 하는 것이다.

어제까지도 저와 나는 이야기도 잘 않고 서로 만나도 본 척만척하고 이렇게 점잖게 지내던 터이련만 오늘로 갑작스

- 헛매질: 마치 때릴 것 같은 시늉을 하며 남을 위협하는 일.
- 쪼간: 어떤 사건.
- 쌩이질: 한창 바쁠 때에 쓸데없는 일로 남을 귀찮게 구는 짓. 씨앙이질.

동백꽃

레 대견해졌음은 웬일인가.•황차 망아지만 한 계집애가 남 일하는 놈보고…….

"그럼 혼자 하지 떼루 하디?"

내가 이렇게 내뱉은 소리를 하니까

"너 일하기 좋니?"

또는

"한여름이나 되거든 하지 벌써 울타리를 하니?"

잔소리를 두루 늘어놓다가 남이 들을까 봐 손으로 입을 틀어막고는 그 속에서 깔깔댄다. 별로 우스울 것도 없는데 날씨가 풀리더니 이놈의 계집애가 미쳤나 하고 의심하였다. 게다가 조금 뒤에는 즈 집께를 할금할금 돌아다보더니 행주 치마의 속으로 꼈던 바른손을 뽑아서 나의 턱 밑으로 불쑥 내미는 것이다. 언제 구웠는지 아직도 더운 김이 홱 끼치는 굵은 감자 세 개가 손에 뿌듯이 쥐였다.

"느 집인 이거 없지?"

하고 생색 있는 큰소리를 하고는 제가 준 것을 남이 알면은 큰일 날 테니 여기서 얼른 먹어 버리란다. 그리고 또 하는 소리가

"너 봄 감자가 맛있단다."

"난 감자 안 먹는다, 니나 먹어라."

나는 고개도 돌리려 하지 않고 일하던 손으로 그 감자를 도로 어깨 너머로 쑥 밀어 버렸다.

• 황차: 하물며. 그도 그러한데 더욱이.

그랬더니 그래도 가는 기색이 없고, 그뿐만 아니라 쌔근쌔근하고 심상치 않게 숨소리가 점점 거칠어진다. 이건 또 뭐야 싶어서 그때에야 비로소 돌아다보니 나는 참으로 놀랐다. 우리가 이 동리에 들어온 것은 근 삼 년째 되어 오지만 여지껏 가무잡잡한 점순이의 얼굴이 이렇게까지 홍당무처럼 새빨개진 법이 없었다. 게다 눈에 독을 올리고 한참 나를 요렇게 쏘아보더니 나중에는 눈물까지 어리는 것이 아니냐. 그리고 바구니를 다시 집어 들더니 이를 꼭 악물고는 엎더질 듯 자빠질 듯 논둑으로 횡허케 달아나는 것이다.

어쩌다 동리 어른이

"너 얼른 시집을 가야지?"

하고 웃으면

"염려 마서유. 갈 때 되면 어련히 갈라구!"

이렇게 천연덕스레 받는 점순이였다. 본시 부끄럼을 타는 계집애도 아니거니와 또한 분하다고 눈에 눈물을 보일 •얼병이도 아니다. 분하면 차라리 나의 등어리를 바구니로 한 번 모질게 후려 쌔리고 달아날지언정.

그런데 고약한 그 꼴을 하고 가더니 그 뒤로는 나를 보면 잡아먹으려고 기를 복복 쓰는 것이다.

설혹 주는 감자를 안 받아먹은 것이 실례라 하면, 주면 그냥 주었지 "느 집엔 이거 없지?"는 다 뭐냐. 그렇잖아도 즈

• 얼병이: '얼뱅이'의 사투리. 조금 얼뜬 사람을 낮잡아 이르는 말.

이는 •마름이고 우리는 그 손에서 •배재를 얻어 땅을 •부치
므로 일상 굽실거린다. 우리가 이 마을에 처음 들어와 집이
없어서 곤란으로 지낼 제 집터를 빌리고 그 위에 집을 또 짓
도록 마련해 준 것도 점순네의 호의이었다. 그리고 우리 어
머니 아버지도 농사 때 양식이 달리면 점순네한테 가서 부
지런히 꾸어다 먹으면서 인품 그런 집은 다시없으리라고 침
이 마르도록 칭찬하고 하는 것이다. 그러면서도 열일곱씩이
나 된 것들이 수군수군하고 붙어 다니면 동리의 소문이 사
납다고 주의를 시켜 준 것도 또 어머니였다. 왜냐하면 내가
점순이하고 일을 저질렀다는 점순네가 노할 것이고, 그러면
우리는 땅도 떨어지고 집도 내쫓기고 하지 않으면 안 되는
까닭이었다.

그런데 이놈의 계집애가 까닭 없이 기를 복복 쓰며 나를
말려 죽이려고 드는 것이다.

눈물을 흘리고 간 그담 날 저녁나절이었다. 나무를 한 짐
잔뜩 지고 산을 내려오려니까 어디서 닭이 죽는 소리를 친
다. 이거 뉘 집에서 닭을 잡나 하고 점순네 울 뒤로 돌아오
다가 나는 고만 두 눈이 뚱그레졌다. 점순이가 즈 집 •봉당
에 홀로 걸터앉았는데, 아 이게 치마 앞에다 우리 씨암탉을

• 마름: 지주를 대리하여 소작권을 관리하는 사람.
• 배재: 마름과 소작인이 주고받은 소작권 위임 문서.
• 부치다: 논밭을 이용하여 농사를 짓다.
• 봉당: 안방과 건넌방 사이의 마루를 놓을 자리에 마루를 놓지 않고 흙바닥 그대
  로 둔 곳.

꼭 붙들어 놓고는

"이놈의 닭! 죽어라, 죽어라."

요렇게 암팡스레 패 주는 것이 아닌가. 그것도 대가리나 치면 모른다마는 아주 알도 못 낳으라고 그 볼기짝께를 주먹으로 콕콕 쥐어박는 것이다.

나는 눈에 쌍심지가 오르고 사지가 부르르 떨렸으나 사방을 한 번 휘돌아보고야 그제서 점순이 집에 아무도 없음을 알았다. 잡은 참 지게막대기를 들어 울타리의 중턱을 후려치며

"이놈의 계집애! 남의 닭 알 못 낳으라구 그러니?"
하고 소리를 빽 질렀다.

그러나 점순이는 조금도 놀라는 기색이 없고 그대로 의젓이 앉아서 제 닭 가지고 하듯이 또 죽어라, 죽어라 하고 패는 것이다. 이걸 보면 내가 산에서 내려올 때를 겨냥해 가지고 미리부터 닭을 잡아 가지고 있다가 네 보란 듯이 내 앞에 °줴지르고 있음이 확실하다.

그러나 나는 그렇다고 남의 집에 뛰어들어 가 계집애하고 싸울 수도 없는 노릇이고 형편이 썩 불리함을 알았다. 그래 닭이 맞을 적마다 지게막대기로 울타리나 후려칠 수밖에 별 도리가 없다. 왜냐하면 울타리를 치면 칠수록 °울섶이 물러앉으며 뼈대만 남기 때문이다. 하나 아무리 생각하여도 나

- 줴지르다: 주먹으로 힘껏 내지르다. 쥐어지르다.
- 울섶: 울타리가 쓰러지지 않도록 그 옆에 매거나 꽂아서 세워두는 막대기.

만 밑지는 노릇이다.

"아, 이년아! 남의 닭 아주 죽일 터이냐?"

내가 도끼눈을 뜨고 다시 꽥 호령을 하니까 그제서야 울타리께로 쪼르르 오더니 울 밖에 섰는 나의 머리를 겨누고 닭을 내팽개친다.

"예이 더럽다! 더럽다!"

"더러운 걸 널더러 입때 끼고 있으랬니? 망할 계집애년 같으니."

하고 나도 더럽단 듯이 울타리께를 횡허케 돌아내리며 약이 오를 대로 다 올랐다,라고 하는 것은 암탉이 풍기는 서슬에 나의 이마빼기에다 물찌똥을 찍 깔겼는데 그걸 본다면 알집만 터졌을 뿐 아니라 골병은 단단히 든 듯싶다.

그리고 나의 등 뒤를 향하여 나에게만 들릴 듯 말 듯한 음성으로

"이 바보 녀석아!"

"얘! 너 배냇병신이지?"

그만도 좋으련만

"얘! 너 느 아버지가 고자라지?"

"뭐? 울 아버지가 그래 고자야?"

할 양으로 •열벙거지가 나서 고개를 홱 돌리어 바라봤더니 그때까지 울타리 위로 나와 있어야 할 점순이의 대가리가 어디 갔는지 보이지를 않는다. 그러다 돌아서서 오자면

● 열벙거지: 매우 급하게 치밀어 오르는 화증.

아까에 한 욕을 울 밖으로 또 퍼붓는 것이다. 욕을 이토록 먹어 가면서도 *대거리 한마디 못 하는 걸 생각하니 돌부리에 채어 발톱 밑이 터지는 것도 모를 만치 분하고 급기야는 두 눈에 눈물까지 불끈 내솟는다.

그러나 점순이의 침해는 이것뿐이 아니다.

사람들이 없으면 틈틈이 즈 집 수탉을 몰고 와서 우리 수탉과 쌈을 붙여 놓는다. 즈 집 수탉은 썩 험상궂게 생기고 쌈이라면 *회를 치는 고로 으레 이길 것을 알기 때문이다. 그래서 툭하면 우리 수탉이 면두며 눈깔이 피로 흐드르하게 되도록 해 놓는다. 어떤 때에는 우리 수탉이 나오지를 않으니까 요놈의 계집애가 모이를 쥐고 와서 꾀어 내다가 쌈을 붙인다.

이렇게 되면 나도 다른 *배채를 차리지 않을 수 없다. 하루는 우리 수탉을 붙들어 가지고 넌지시 장독께로 갔다. 쌈닭에게 고추장을 먹이면 병든 황소가 살모사를 먹고 용을 쓰는 것처럼 기운이 뻗친다 한다. 장독에서 고추장 한 접시를 떠서 닭 주둥아리께로 들이밀고 먹여 보았다. 닭도 고추장에 맛을 들였는지 거스르지 않고 거진 반 접시 턱이나 곧잘 먹는다.

- 대거리: 상대편에게 맞서서 대듦. 또는 그런 말이나 행동.
- 회를 치다: 생선이나 고기 등으로 회를 만들다. 여기서는 '아주 능숙하다'의 뜻으로 쓰였다.
- 배채: 어떤 일을 하기 위한 꾀.

그리고 먹고 금세는 용을 못 쓸 터이므로 얼마쯤 기운이 돌도록 홰 속에다 가두어 두었다.

밭에 두엄을 두어 짐 져 내고 나서 쉴 참에 그 닭을 안고 밖으로 나왔다. 마침 밖에는 아무도 없고 점순이만 즈 울 안에서 헌 옷을 뜯는지 혹은 솜을 타는지 웅크리고 앉아서 일을 할 뿐이다.

나는 점순네 수탉이 노는 밭으로 가서 닭을 내려놓고 가만히 맥을 보았다. 두 닭은 여전히 얼리어 쌈을 하는데 처음에는 아무 보람이 없다. 멋지게 쪼는 바람에 우리 닭은 또 피를 흘리고 그러면서도 날갯죽지만 푸드덕푸드덕하고 올라 뛰고 뛰고 할 뿐으로 제법 한 번 쪼아 보지도 못한다.

그러나 한번엔 어쩐 일인지 용을 쓰고 펄쩍 뛰더니 발톱으로 눈을 °하비고 내려오며 면두를 쪼았다. 큰 닭도 여기에는 놀랐는지 뒤로 멈씰하며 물러난다. 이 기회를 타서 작은 우리 수탉이 또 날쌔게 덤벼들어 다시 면두를 쪼니 그제서는 °감때사나운 그 대갱이에서도 피가 흐르지 않을 수 없다.

옳다, 알았다, 고추장만 먹이면은 되는구나 하고 나는 속으로 아주 쟁그라워 죽겠다. 그때에는 뜻밖에 내가 닭쌈을 붙여 놓는 데 놀라서 울 밖으로 내다보고 섰던 점순이도 입맛이 쓴지 살을 찌푸렸다.

나는 두 손으로 볼기짝을 두드리며 연방

- 하비다: 손톱이나 날카로운 물건 따위로 조금 긁어 파다.
- 감때사납다: 억세고 사납다.

"잘한다! 잘한다!"

하고 신이 머리끝까지 뻗치었다.

그러나 얼마 되지 않아서 나는 넋이 풀리어 기둥같이 묵묵히 서 있게 되었다. 왜냐하면 큰 닭이 한 번 쪼인 앙갚음으로 호들갑스레 연거푸 쪼는 서슬에 우리 수탉은 찔끔 못하고 막 곯는다. 이걸 보고서 이번에는 점순이가 깔깔거리고 되도록 이쪽에서 많이 들으라고 웃는 것이다.

나는 보다 못하여 덤벼들어서 우리 수탉을 붙들어 가지고 도로 집으로 들어왔다. 고추장을 좀 더 먹였더라면 좋았을걸, 너무 급하게 쌈을 붙인 것이 퍽 후회가 난다. 장독께로 돌아와서 다시 턱 밑에 고추장을 들이댔다. 흥분으로 말미암아 그런지 당최 먹질 않는다.

나는 하릴없이 닭을 반듯이 눕히고 그 입에다 궐련 *물부리를 물리었다. 그리고 고추장 물을 타서 그 구멍으로 조금씩 들이부었다. 닭은 좀 괴로운지 킥킥 하고 재채기를 하는 모양이나 그러나 당장의 괴로움은 매일같이 피를 흘리는 데 댈 게 아니라 생각하였다.

그러나 한 두어 종지가량 고추장 물을 먹이고 나서는 나는 고만 풀이 죽었다. 성성하던 닭이 왜 그런지 고개를 살며시 뒤틀고는 손아귀에서 *뻐드러지는 것이 아닌가. 아버지가 볼까 봐서 얼른 홰에다 감추어 두었더니 오늘 아침에서

- 물부리: 담배를 끼워서 빠는 물건.
- 뻐드러지다: 굳어서 뻣뻣하게 되다.

야 겨우 정신이 든 모양 같다.

그랬던 걸 이렇게 오다 보니까 또 쌈을 붙여 놨으니 이 망할 계집애가, 필연 우리 집에 아무도 없는 틈을 타서 제가 들어와 홰에서 꺼내 가지고 나간 것이 분명하다.

나는 다시 닭을 잡아다 가두고 염려는 스러우나 그렇다고 산으로 나무를 하러 가지 않을 수도 없는 형편이었다.

소나무 •삭정이를 따며 가만히 생각해 보니 암만해도 고년의 •목쟁이를 돌려놓고 싶다. 이번에 내려가면 망할 년 등줄기를 한 번 되게 후려치겠다 하고 •싱둥겅둥 나무를 지고는 부리나케 내려왔다.

거지반 집에 다 내려와서 나는 •호드기 소리를 듣고 발이 딱 멈추었다. 산기슭에 널려 있는 굵은 바윗돌 틈에 노란 •동백꽃이 소보록하니 깔리었다. 그 틈에 끼여 앉아서 점순이가 청승맞게시리 호드기를 불고 있는 것이다. 그보다 더 놀란 것은 그 앞에서 또 푸드덕푸드덕하고 들리는 닭의 횃소리다. 필연코 요년이 나의 약을 올리느라고 또 닭을 집어 내다가 내가 내려올 길목에다 쌈을 시켜 놓고 저는 그 앞에

- 삭정이: 살아 있는 나무에 붙어 있는, 말라 죽은 가지.
- 목쟁이: '목정강이'를 낮춰 이르는 말.
- 싱둥겅둥: 건성건성. 정성을 들이지 않고 대강대강 일을 하는 모양.
- 호드기: 봄철에 물오른 버드나무 가지의 껍질을 고루 비틀어 뽑은 껍질이나 짤막한 밀짚 토막 등으로 만든 피리.
- 동백꽃: 여기에 나오는 동백꽃은 3월에 피는 작고 노란 생강나무의 꽃을 말한다. 사투리로 '동박꽃'이라고 부른다.

앉아서 천연스레 호드기를 불고 있음에 틀림없으리라.
 나는 약이 오를 대로 다 올라서 두 눈에서 불과 함께 눈물이 퍽 쏟아졌다. 나뭇지게도 벗어 놀 새 없이 그대로 내동댕이치고는 지게막대기를 뻗치고 허둥지둥 달려들었다.
 가차이 와 보니 과연 나의 짐작대로 우리 수탉이 피를 흘리고 거의 빈사지경에 이르렀다. 닭도 닭이려니와 그러함에도 불구하고 눈 하나 깜짝 없이 고대로 앉아서 호드기만 부는 그 꼴에 더욱 치가 떨린다. 동리에서도 소문이 났거니와 나도 한때는 •걱실걱실히 일 잘하고 얼굴 이쁜 계집애인 줄 알았더니 시방 보니까 그 눈깔이 꼭 여우 새끼 같다.
 나는 대뜸 달려들어서 나도 모르는 사이에 큰 수탉을 •단매로 때려 엎었다. 닭은 푹 엎어진 채 다리 하나 꼼짝 못 하고 그대로 죽어 버렸다. 그리고 나는 멍하니 섰다가 점순이가 매섭게 눈을 홉뜨고 닥치는 바람에 뒤로 벌렁 나자빠졌다.
 "이놈아! 너 왜 남의 닭을 때려죽이니?"
 "그럼 어때?"
하고 일어나다가
 "뭐 이 자식아! 누 집 닭인데?"
하고 •복장을 떠미는 바람에 다시 벌렁 자빠졌다. 그러고 나서 가만히 생각을 하니 분하기도 하고 무안도 스럽고 또 한

• 걱실걱실히: 성질이 너그러워 말과 행동이 시원스럽게.
• 단매: 단 한 번 때리는 매. 대매.
• 복장: 가슴의 한복판.

편 일을 저질렀으니 인젠 땅이 떨어지고 집도 내쫓기고 해야 되는지 모른다.

나는 비슬비슬 일어나며 소맷자락으로 눈을 가리고는 얼김에 엉 하고 울음을 놓았다. 그러다 점순이가 앞으로 다가와서

"그럼, 너 이담부텀 안 그럴 터냐?"

하고 물을 때에야 비로소 살길을 찾은 듯싶었다. 나는 눈물을 우선 씻고 뭘 안 그러는지 명색도 모르건만

"그래!"

하고 무턱대고 대답하였다.

"요담부터 또 그래 봐라, 내 자꾸 못살게 굴 터니."

"그래그래, 인젠 안 그럴 테야!"

"닭 죽은 건 염려 마라. 내 안 이를 테니."

그리고 뭣에 떠다밀렸는지 나의 어깨를 짚은 채 그대로 픽 쓰러진다. 그 바람에 나의 몸뚱이도 겹쳐서 쓰러지며 한창 피어 퍼드러진 노란 동백꽃 속으로 폭 파묻혀 버렸다.

알싸한 그리고 향긋한 그 냄새에 나는 땅이 꺼지는 듯이 온 정신이 고만 아찔하였다.

"너 말 마라."

"그래!"

조금 있더니 요 아래서

"점순아! 점순아! 이년이 바느질을 하다 말구 어딜 갔어!"

하고 어딜 갔다 온 듯싶은 그 어머니가 역정이 대단히 났다.

점순이가 겁을 잔뜩 집어먹고 꽃 밑을 살금살금 기어서 산 아래로 내려간 다음 나는 바위를 끼고 엉금엉금 기어서 산 위로 치빼지 않을 수 없었다.

「동백꽃」을 감상한 내용을 바탕으로 다음 활동을 해 봅시다.

1. '나'의 특성으로 적절한 것을 모두 골라 ✓ 표시를 해 봅시다.

   - ☐ 소작농의 아들이다.
   - ☐ 점순이가 소심하다고 생각한다.
   - ☐ 어머니로부터 점순이와 친하게 지내라는 말을 들었다.
   - ☐ 점순이가 닭싸움을 시작한 이유를 정확히 알지 못한다.

2. 이 소설을 읽은 학생들의 대화를 완성해 봅시다.

규영
'나'가 점순이의 감자를 거절하는 장면이 인상적이야.

운호
맞아. 점순이는 _____ 이유로 '나'에게 감자를 주었는데, '나'는 점순이의 마음을 (알고 / 모르고) 그 감자를 거절했지.

규영
작가가 '나'를 (순진한 / 약삭빠른) 인물로 선정해서 순수하고 해학적인 소설의 분위기가 형성되는 것 같아.

3. 이후 '나'와 점순이의 관계가 어떻게 될지 상상해 봅시다.

> 두 명의 서술자가 번갈아 가며 자신의 관점에서 이야기를 전하는 소설의 일부입니다. 누가 어떻게 사건을 전달하고 있는지 파악하며 글을 읽어 봅시다.

내가 그린 히말라야시다 그림

성석제

0

4학년이 되고 나서 나는 미술반에 들어갔지. 천수기 선생님은 문예반을 맡았는데 미술반을 맡은 주은희 선생님에게 나를 특별히 부탁했다고 했지. 아버지 이야기를 했는지도 몰라. 천 선생님은 자신이 직접 본 사람 중에 가장 그림에 뛰어난 재능을 가진 사람이 아버지라고 했어. 그림과 동시는 분야가 다르지만 천 선생님은 다른 예술에 대한 평가 기준도 상당히 높았지.

아버지는 한때 그림을 그리겠다고 했다가 할아버지에게 혼이 났어. 입에 풀칠하기도 힘든 가난한 농사꾼의 자식이 도시의 여유 있는 사람들이 즐기는 예술인 미술을 평생의 직업으로 삼겠다니 할아버지는 이해를 못 했겠지. 그래도 아버지는 고등학교까지는 미술반에서 활동을 했고 같은 또

래에서는 제일 그림을 잘 그리는 걸로 인정을 받았던가 봐. 서울에 있는 국립 미술 대학에 합격까지 했다니 그 당시 고향에서는 일 년에 한두 명 나올까 말까 한 일이었다지. 할아버지가 그 사실을 알고 아버지를 *호되게 나무랐지. 그때 아버지는 집을 나가려고 가방까지 쌌었는데 그만 할아버지가 쓰러지신 거야.

할아버지를 *달구지에 싣고 병원에 모시고 가니까 곧 돌아가실 것 같다고 준비를 하라고 했대. 그때 할아버지가 유언으로 "네 어미와 동생들을 단 한 끼라도 굶게 해서는 안 된다."고 하셨고 아버지는 그러겠다고 맹세했어. 할아버지는 이웃 동네에 살던 친구의 딸을 데려오게 해서 그 자리에서 아버지와 약혼을 하게 했어. 지금은 이해가 잘 안 가는 일이지만 그땐 스무 살에 결혼하는 게 그렇게 이상한 일은 아니었다지. 아버지는 할아버지 간호를 하고 생계를 꾸려가기 위해 대학 진학을 미뤘어. 그런데 할머니가 그해 봄에 쓰러져서 곧 돌아가셨고 그 바람에 어머니는 주부가 된 거야. 할아버지는 가을쯤에 병석에서 일어나셨지. 그해 겨울에 내가 태어난 거고 말이야. 그래서 아버지는 할아버지와 함께 농사를 짓게 된 거지.

나는 미술반에 들어가서 그림을 많이 그리지는 않았어. 한 해 전 3학년 때에 학교 대표로 나간 건 비밀이었지. 주은희

● 호되게: 매우 심하게.
● 달구지: 소나 말이 끄는 짐수레.

선생님은 알았어. 그러니까 내가 연습을 안 해도 못 본 척해 준 거야. 군 학예 대회에서 사생 부문 장원을 하면 48색짜리 크레파스 다섯 통하고 스케치북 열 권이 상품인데 내가 그걸 받을 수는 없었어. 상품이 아이들 나무할 때 쓰는 작은 지게로 한 짐이나 되니 열 살짜리가 무거워서 못 받은 게 아니라 나에게 이름을 빌려준 4학년 5반 대표가 받고는 입을 싹 씻어 버린 거야. 그게 알려지면 자기도 망신이니까 비밀은 지켰어.

그래서 나는 그림을 그릴 때 몽당연필처럼 짤막한 크레파스하고 이미 그린 그림이 있는 스케치북 뒷면으로 그림 연습을 할 수밖에 없었어. 우리 집 형편에 크레파스와 스케치북을 자꾸 사 달라고 하기도 힘든 일이고 아버지에게 염소가 많은 것도 아니었어. 게다가 내 동생이 넷이나 됐지.

미술이 별것 아니라는 생각도 들었지. 내 아버지는 동시로 전국적으로 유명한 천수기 선생님이 인정하는 화가의 재능을 타고났어. 내가 그 아버지의 아들이 틀림없는데 다른 평범한 아이들처럼 죽어라 연습할 필요는 없잖아. 나는 미술반 아이들과 함께 주 선생님을 따라 산과 들을 다닐 때 열에 여덟아홉은 스케치북을 펴지도 않았어. 가끔 주 선생님이 "관찰도 공부다."라고 하면서 자연과 주변의 물건들을 세세하게 봐 두라고 했지.

아버지, 아버지는 나한테 별 관심이 없는 것 같았어. 염소를 팔아서 크레파스와 스케치북을 사 주던 때, 그때는 아버지한테 좀체 잘 없는 특별한 순간이었던 것 같아. 다시 병석에 누운 할아버지와 우리 식구들 굶기지 않으려면 정신없이 일을 해야 했지. 생각하긴 싫지만 내가 태어나는 바람에 아버지가 화가가 되려는 꿈을 버려야 했는지도 몰라. 그래서 일부러 그림 쪽으로는 모른 척하는 건지도.

그러다가 다시 군민 체전이 열리는 5월이 돌아왔어. 군 전체 초중고 학생들이 참가하는 학예 대회도 당연히 함께 열렸지. 모든 게 작년하고 비슷했어. 내가 떳떳이 반 대표로 사생 대회에 참가하게 되었다는 것이나 대회 장소가 우리 학교라는 게 달랐지. 이번에 장원상을 받으면 상품으로 그림 연습을 마음껏 할 수 있게 될 거라고 생각했어. 크레파스 다섯 통과 스케치북 열 권을 다 쓰기도 전에 다음 대회가 열리게 되겠지.

지금 생각하면 참 우스워. 상으로 그림 도구를 받아서 그림을 제대로 잘 그릴 생각을 하다니. 그땐 전혀 우습지 않았어. 좀 긴장이 됐지. 차상, 차하도 돼. 크레파스하고 스케치북이 상품으로 나오긴 하니까 모자라는 대로 어떻게 되겠지. 그냥 특선이나 입선은 곤란하지. 공책이나 연필밖에 안 주니까. 상장 뒷면에 그림을 그릴 수도 없고.

나는 아버지가 사 준 크레파스를 들고 학교로 갔어. 한 해 전과는 다르게 크레파스 뚜껑이 달아나 버려서 습자지를 덮고 고무줄로 동여맸지. 한 해 전처럼 그림을 그려서 제출할 도화지를 받아 들고 뒷면에 미리 부여받은 내 번호를 적었지. 나는 124번이었어. 잊어버릴 수가 없는 번호야. 그 몇 해 전에 •무장간첩들이 남한으로 내려왔는데 무장간첩을 훈련시킨 부대 이름이 124군 부대라서 그런 게 아냐. 하여튼 나는 도화지 뒤 네모난 보랏빛 칸에 검은색으로 번호를 124라고 분명히 적었어.

내 앞에는 언제부터인가 여자아이가 두 명 앉아 있었어. 한 아이는 낯이 익었어. 같은 반을 한 적은 없지만 천수기 선생님하고 같이 가는 걸 몇 번 본 적이 있었지. 자주색 원피스에 검정 에나멜 구두를 신고 있었고 머리에 푸른 구슬 리본을 매고 있는데 무척 얼굴이 희고 예뻤지. 나하고 한 반이었다고 해도 나 같은 촌뜨기에게는 말을 걸지도 않았겠지.

그 여자애와 나는 비슷한 점이 하나도 없었어. 크레파스부터 한 번도 쓰지 않은 새것, 한 번만 더 쓰면 더 쓸 수 없도록 닳은 것이라는 차이가 있었어. 처음부터 다른 길에서 출발해서 가다가 우연히 두어 시간 동안 같은 장소에서 비슷한 그림을 그리게 되겠지만 앞으로 영원히 만날 일이 없을 것 같은 사람이야. 그 여자아이도 그걸 의식하고 있는 것 같았어. 나를 한 번 힐끗 넘겨다보고는 코를 찡그리더니 더 이상 눈길을 주지 않았어. 자리를 뜰 것 같았는데 계속 그리기는 하더군. 나를 의식하기 전에 밑그림을 그렸던 게 아까웠겠지.

• 무장간첩: 전투에 필요한 장비를 갖춘 간첩.

•히말라야시다가 쑥색 가지를 늘어뜨리고 있는 화단이 있고 화단 뒤에 나무쪽을 붙인 벽이, 벽 위쪽에 흰 종이가 발린 유리창이 있는 교사가 있었어. 히말라야시다 앞에 키 작은 영산홍이 서 있고, 화단을 따라 발라진 시멘트 길에 햇빛이 하얗게 비치고 있었어.

축구 결승전이 열리고 있을 공설 운동장은 꽤 멀었지. 멀지 않다고 해도 나에게는 목표가 있었어. 장원, 그리고 다음 군 사생 대회까지 그림을 그릴 수 있는 크레파스와 스케치북. 나는 그림에 집중했지. 내가 생각해도 그림은 잘되었어.

마감 시간이 다 되어서 나는 그림을 제출했어. 그 여자아이는 진작에 가고 없었어. 그런 아이들이야 재미로 그리는 거니까 쉽고 빠르게 그리고 내 버렸을 거라고 생각했지. 할아버지 말이 맞을지도 모르지. 그림 같은 건 돈 많은 사람들이 시간을 주체할 수 없어서 하는 놀이라고. 우리 같은 가난뱅이 농사꾼 무지렁이들이 무슨 예술을 하느니 마느니 •개나발을 불다가는 •쪽박이나 차기 십상이라는 거지. 있는 쪽박이나 잘 간수하는 게 주제에 맞는다는 거야.

그림을 제출하고 나면 공설 운동장에 갈 수 있고 잘하면 축구 결승전 끄트머리를 볼 수 있을지도 모르지만 나는 그

- 히말라야시다: 소나뭇과의 상록 침엽 교목. 높이는 30미터 정도이며, 잎은 끝이 뾰족하다. 암수한그루로 10월에 꽃이 피고 씨에는 막성(膜性)의 넓은 날개가 있다. 관상용이고 히말라야가 원산지이다. 규범 표기는 '히말라야시더'이다.
- 개나발(을) 불다: '사리에 맞지 아니하는 헛소리를 하다'라는 의미의 관용구.
- 쪽박(을) 차다: '거지가 되다'라는 의미의 관용구.

럴 생각이 전혀 없었지. 내가 정작 궁금한 건 심사 결과니까 말이야. 축구야 누가 우승하면 어때. 어차피 군민 체전이니까 군민들 중 누군가 이기는 거 아니겠어. 그런 생각을 하게 된 게 내가 일 년 동안 퍽 성숙했다는 증거였어. 그렇게 되는 데 열 살짜리가 열한 살 이상이 참가하는 대회에 나가서 장원을 했다는 게 큰 작용을 한 건 당연하지.

오후부터 3층짜리 신축 교사 2층 교실 한 곳에서 심사 위원들이 심사를 했어. 나는 예전에 함께 축구를 하던 아이들과 공을 차면서 시간을 보냈어. 이상하게 축구가 재미가 없었어. 자꾸 눈이 심사를 하고 있을 교실로 향하는 거야. 내가 골을 집어넣을 수도 있는 기회에서 엉뚱한 데 눈을 주니까 아이들이 정신을 어디다 파느냐고 화를 냈지. 나는 미안하다고 했고. 그러면서도 아, 이제 나한테 축구보다 더 중요한 게 생겼구나 하는 생각이 드는 거야. 사실 그건 크레파스나 스케치북 같은 상품이 아니야. 그건 내가 가지고 있는 재능, 아버지에게서 물려받은 *천부적인, 천재적인 재능을 명백히 확인받고 싶다는 충동이었어. 내가 아버지의 아들이라는 확신을 가지고 싶었어. 아무리 시골구석에서 염소나 키우고 닭이나 거위를 장날에 내다 파는 사람이라고는 해도 내 아버지니까.

심사하는 데 그렇게 오랜 시간이 걸리는 줄은 몰랐어. 다리가 아프도록 축구를 하고 수도꼭지가 있는 곳으로 가서

• 천부적: 태어날 때부터 지닌 것.

몸을 씻고 다 말리도록 심사는 끝나지 않았어. 아이들이 풀빵을 사 먹으러 간다고 학교 밖으로 갈 때까지도. 나는 평소처럼 아이들을 따라가지 않았어. 고픈 배를 부여잡고 교사 앞에 앉아 있었어. 심사 결과를 알 수 있을 거라고 생각한 건 아니야. 그냥 어떤 •기미라도, 결과의 부스러기라도 얻고 나서야 갈 수 있을 것 같았어.

아이들이 가 버리자 학교는 조용해졌어. 그러고도 한 삼십 분은 있다가 다른 군의 학교에서 온 심사 위원들이 걸어 나왔어. 물론 나한테 관심을 가진 사람은 아무도 없었지. 주 선생님이 보였어. 심사를 한 건 아니고 우리 학교의 미술 지도 교사로 참관을 하고 있었던 것 같았어.

교문 조금 못 미친 곳에서 심사 위원들과 인사를 나눈 주 선생님은 뒤돌아서서 내가 앉아 있는 쪽으로 걸어왔어. 새하얀 시멘트 길에 떨어지던 새하얀 햇빛, 그 위에 또각또각 찍히던 그 발소리를 나는 아직도 잊지 못해. 선생님은 히말라야시다 앞 시멘트 의자에 숨은 듯이 앉은 내게 와서는 불쑥 손을 내밀었지.

"백선규, 축하한다."

나는 못 잊어.

"네가 장원이다."

나는 목이 메어서 아무 말도 할 수 없었어. 그렇게 목이 죄는 듯한 느낌은 평생 다시 없었어. 그 뒤에 수십 번, 이런

• 기미: 어떤 일을 알아차릴 수 있는 눈치. 또는 일이 되어 가는 야릇한 분위기.

저런 상을 받고 수상을 통보받았지만.

  나는 선생님 앞에서 눈물을 보이고 말았어. 내가 우는 것을 보고 선생님은 무척 놀라고 당황했어. 하지만 곧 내 어깨를 잡고는 내 얼굴을 가만히 안아 주었어. 그 따뜻하고 기분 좋은 냄새, 못 잊어.

1

  나는 한 번도 상 같은 건 받아 본 적 없어. 학교 다닐 때 그 흔한 개근상도 못 받았으니까. 상에 욕심을 부려 본 적도 없어. 내게는 모자란 게 없어서 그랬는지도 몰라. 어릴 때는 부유한 집안에서 단 하나밖에 없는 딸로 사랑을 받으며 자랐고 여자 대학에서 가정학을 공부하다가 판사인 남편을 중매로 만나서 결혼했지. 내가 권력이나 돈을 손에 쥔 건 아니라도 그런 것 때문에 불편한 적도 없어. 아이들은 예쁘고 별문제 없이 잘 자라 주었지. 큰아이가 중학교부터 미국에 가서 공부할 때는 적응에 힘이 들었지만 결국 학생회장까지 지내서 신문에도 여러 번 났지. 나는 상을 못 받았지만 내가 타고난 행운, 삶 자체가 상이다 싶어.

  그렇지만 단 한 번 상을 받을 뻔한 적은 있지. 스스로의 실수 때문에 못 받은 거니까 누구를 원망할 수도 없지만. 그 실수를 인정하고 내가 받을 상이 남에게 간 것을 바로잡을 수 있었을까. 할 수 있었을지도 몰라. 아버지에게 이야기했다면. 아니면 천수기 선생님한테라도.

왜 안 했을까. 그때 나를 스쳐 가던 그 아이, 그 아이의 표정 때문인지도 몰라. 땟국물이 흐르던 목덜미, 전신에서 풍겨 나던 뭔가 찌든 듯한 그 냄새, 그 *너절한 인상이 내 실수와 잘못된 과정을 바로잡는 게 귀찮은 일이라는 생각을 갖게 했을 거야. 어쩌면 그 결과로 한 아이가 가지게 될지도 모르는 씻지 못할 좌절감이 내게도 약간 느껴졌는지도 모르지. 상관없어. 나는 그런 상하고는 담을 쌓고 살아도 행복해. 그런 스트레스를 받는 것 자체가 싫어. 왜 그렇게 살아야 하는데?

0

나는 사생 대회 이틀 후, 월요일 아침 조회에서 전교생이 지켜보는 가운데 교단 앞으로 가서 장원상을 받았어. 글짓기, 서예, 밴드, 합창, 그림 등 전 분야를 통틀어 우리 학교에서 장원상을 받은 사람은 오직 나 하나뿐이었어. 게다가 4학년이니까 앞으로 이 년간 더 많은 상을 학교에 안겨 주게 되겠지. 교장 선생님은 내가 4학년이라는 것, 장원이라는 것을 스무 번도 더 이야기했어.

크레파스 다섯 통, 스케치북 열 권은 혼자 들기에 좀 무거웠어. 글짓기에서 차하상을 받아서 앞으로 나온 6학년이 크레파스를 대신 들어 줬지. 나는 박수 소리가 끊이지 않는 중에 천천히 걸어서 내가 서 있던 자리로 돌아왔어. 조회가 끝

• 너절하다: 허름하고 지저분하다.

나고 교실로 들어갈 때 옆에 있던 아이들이 상품을 대신 들어 줬고 나는 상장만 들고 갔어.

부임한 지 얼마 안 되어서 그런지 흥분한 교장 선생님은 전례가 없이 그해 학예 대회 입상작을 찾아와서 강당에서 전시회를 가지기로 결정했어. 나는 가 보지 않았어.

가서 내 그림을 보는 건 뭔가 창피할 것 같았어. 그런 데 가서 그림과 글짓기, 서예 작품을 보고 배워야 하는 아이들은 입상을 못 한 평범한 아이들이야. 창작의 재능이 없고 겨우 감상만 할 수 있는 아이들인 거야. 생각은 그렇게 했지만 일주일 동안 진행된 전시 마지막 날 오후, 나는 강당으로 걸음을 옮겼지. 모르겠어. 왜 갔는지.

강당에는 아무도 없었어. 벽에는 전시 작품들이 걸려 있었어. 글짓기는 원고지 여러 장에 쓰인 작품을 한꺼번에 벽에 압정으로 박아 놓고 넘겨 가며 읽도록 해 놨어. 차하상을 받은 동시는 아이들이 넘기면서 침을 묻히는 바람에 글씨가 다 지워지고 원고지 앞장 아래쪽은 먹지처럼 까매졌더군.

나는 천천히 그림이 전시된 곳으로 걸어갔지. 내 그림은 맨 안쪽에 걸려 있었어. 입선작 여덟 점을 지나서 특선작 세 점을 지나고 나서 황금색 종이 리본을 매달고 좀 떨어진 곳에, 검정색 붓글씨로 '壯元(장원)'이라고 크게 쓰인 종이를 거느리고, 다른 작품보다 세 뼘쯤 더 높이. 초등학교에 다니는 아이들이라면 우러러볼 수밖에 없는 높이에.

그런데, 그런데, 그런데, 그런데 그 그림은 내가 그린 그림이 아니었어. 풍경은 내가 그린 것과 비슷했지만 절대로, 절대로 내가 그린 그림이 아니야. 아버지가 사 준 내 오래된 크레파스에는 진작에 떨어지고 없는 회색이 히말라야시다 가지 끝 앞부분에 살짝 칠해져 있는 그림이었어. 나는 가슴이 후들후들 떨려서 두 손으로 가슴을 가렸어. 사방을 둘러봤지만 아무도 없었어. 나는 까치발을 하고 손을 최대한 쳐들어서 그림 뒷면의 번호를 확인했어. 네모진 칸 안에 쓰인 숫자는 분명히 124였어. 124, 북한에서 무장간첩을 훈련시킨 그 124군 부대의 124. 그렇지만 그건 내 글씨가 아니었어.

누가, 왜 제 번호를 쓰지 않고 내 번호를 썼을까. 실수로? 이런 실수를 하고, 제가 받을 상을 다른 사람이 받았다는 걸 알면 가만히 있을까. 그렇지는 않을 거야. 다른 학교에 다니는 아이라서 제 실수를 모르고 있는 거겠지.

아니야. 그 그림은 구도로 봐서 내가 그렸던 바로 그 장소에서 아주 가까운 데서 그린 그림이었어. 그 그림을 그린 아이는 천수기 선생님과 함께 다니던 그 아이인 게 틀림없었어. 그러니까 나와 같은 학교에 다니는 아이라는 거지. 그러면 그 아이는 제가 그린 그림을 봤을 거야. 그런데 왜? 왜 아무 말을 하지 않은 거지? 상품이 필요 없어서? 번호를 잘못 쓴 실수 때문에 벌을 받을까 봐? 나라면? 나라면 가만히 있었을까?

왜 내가 그린 작품은 입선에도 들지 않았을까? 비슷한 풍경이고 비슷한 구도인데도? 가만히 그 그림을 보고 있자니 정말 잘 그린 그림이라는 느낌이 들기 시작했어. 장원을 받을 수밖에 없는 그림, 같은 장소에 있었던 나로서는 발견할 수 없었던 부분, 벽과 히말라야시다 사이의 빈 공간의 처리는 완벽했어. 나는 모든 걸 그림 속에 욱여넣으려고만 했지 비울 줄은 몰랐어. 그건 나를 뛰어넘는 재능인 게 분명했어.

비슷한 그림에 같은 번호가 써진 걸 보고 심사 위원들이 당황했을 거야. 한 사람이 두 작품을 그릴 수는 없으니 누군가 실수를 했다고 단정 짓고는 혼동을 •초래할지도 모르니까 둘 중 하나는 아예 시상 대상에서 제외를 하자고 했겠지. 그래서 심사에 오랜 시간이 걸렸던 것이고.

그러니까 내 그림은 번호를 착각한 아이의 그림에 못 미치는 그림으로 버려졌던 거야. 입선에도 들지 못하게 완벽하게. 누구의 생각일까. 주 선생님은 아니었어. 심사 위원이 아니니까. 아니, 심사 중에 불려 들어간 것일지도 몰라. 혼란스러워진 심사 위원들이 번호를 확인하고 그게 우리 학교 학생의 번호인 줄 알고 미술반 지도 교사를 오라고 했고…… 그래서 그 모든 것이 주 선생님의 조정으로 이루어졌고, 그래서 •이례적으로 주 선생님이 그 결과를 미리 알게 된 것이고…… 그런데 나는 주 선생님 품에 안겨서 울었어! 내가 그리지도 않은 그림을 가지고 상을 탔다고 감격해서, 바보같이, 바보!

- 초래하다: 일의 결과로서 어떤 현상을 생겨나게 하다.
- 이례적: 보통 있는 일에서 벗어나 특이한 것.

나는 가슴이 찢어질 것 같은 통증을 느끼면서 강당을 걸어 나왔어. 열 걸음쯤 떼었을 때 강당 문으로 어떤 여자아이가 걸어 들어왔어. 자주색 원피스를 입고 있었어. 검정색 에나멜 구두를 신고 있었지. 나는 그 여자아이를 지나칠 때 눈을 감았어. 눈을 감은 채 열 걸음쯤 걸어가서 다시 눈을 떴어.

내가 주 선생님을 찾아가서 말해야 했을까. 이건 내 그림이 아니라고. 다른 사람이 그린 그림이라고. 나는 그 사람만 한 재능이 없다고. 실수를 바로잡아 달라고. 나는 그렇게 하지 못했어. 주 선생님의 품에 안겨 울지만 않았더라도 찾아갈 수 있었어. 가능성이 크지는 않지만. 내 더러운 눈물로 주 선생님의 흰옷을 더럽히지만 않았더라도.

그림의 주인이 선생님을 찾아가서 그 그림이 자기 것이라고 주장한다면 부정할 도리는 없었겠지. 하지만 내가 먼저 선생님을, 주 선생님이든 천 선생님이든, 아버지도 할아버지도, 그 누구도 찾아갈 수 없었어.

그 뒤부터 나는 늘 나를 의심하면서 살았어. 누군가 나보다 뛰어난 재능을 가지고 있고 누군가 나와 똑같은 대상을 두고 훨씬 더 뛰어난 작품을 그렸고, 앞으로도 더 뛰어난 작품을 그릴 수 있다는 생각을 벗어나 본 적이 없어. 그러니까 어떤 작품이라도, 그게 포스터물감으로 그리는 반공 포스터라도 내가 가진 능력 전부를, 그 이상을 쏟아부어야 했지. 언제나, 어디서나. 그 결과가 오늘의 나일까. 의심의 결과, 좌절의 결과, 누군가 내 비밀을 알고 있다는 생각의 결과.

나는 화가가 된 후 풍경화를 그린 적은 없어. 나는 그림의 원형, 본질로 돌아갔어. 선과 원, 점, 그리고 바탕이 되는 사물의 원형, 본질을 최대한 추상화하고 이상화한 형태로 만들어 갔어. 내 모든 색깔의 원형은, 이상은 그날 그 하얀 시멘트 길과 그 위의 흰 햇빛이야.

「내가 그린 히말라야시다 그림」을 감상한 내용을 바탕으로 다음 활동을 해 봅시다.

1. 이 소설의 서술자가 지닌 특성을 파악해 봅시다.

	0의 '나'	1의 '나'
어린 시절	집의 ___ 사정이 좋지 않아 ___ 조차도 넉넉하게 쓰지 못한다.	부유한 부모님 밑에서 부족한 것 없이 ___ 하게 자랐다.
현재	___ 가 되었다.	___ 로서 자신의 삶에 ___ 이 없다.

2. 어릴 적 그림 대회와 관련된 사건이 서술자 '나'에게 어떠한 영향을 주었는지 정리해 봅시다.

- 0의 '나': _____
  _____
- 1의 '나': _____
  _____

> '나'가 기차를 타고 아빠를 만나러 간 일을 그린 소설의 일부입니다. '나'가 세상을 바라보는 시야를 넓히며 아빠의 삶을 이해하고 성장해 가는 과정을 살피며 글을 읽어 봅시다.

기차가 달려간 곳에는

이옥수

아빠한테 가자.

할머니한테 말해 봤자 손톱도 안 들어갈 거다. 아빠는 지난 설날에 왔다 간 후, 반년이 지나도록 오지 않았다. 전화는 가끔씩 하는데 늘 바쁘다고, 미안하다고만 했다. 왜 그렇게 바쁜지, 왜 미안한지 이참에 한번 만나서 들어 봐야 할 것 같다. 아니, 아빠가 보고 싶다.

마침 동대구역에서 서울역으로 가는 기차가 30분 후에 있었다. 영천에서 동대구까지 누리호나 무궁화호 열차는 타 봤지만 KTX를 타는 건 처음이다. 서울에도 처음 가 본다. 아빠 앞에 짠, 나타나 서프라이즈 할 생각에 가슴이 두근거렸다. 한껏 들떠서 플랫폼을 왔다 갔다 하는데 할머니와 고모한테서 연신 전화가 오고 톡이 날아왔다. 귀찮아서 전화기를 꺼 버렸다.

드디어 매끈한 고속 열차가 플랫폼으로 들어왔다. 3호차 2A번 자리에 앉았다. 이제 1시간 50분 후면 서울역에 도착할 것이다. 핸드폰을 켜고 지도 앱을 다운 받았다. 주소는 지난번, 아빠한테 여름 옷 부칠 때 찍어 둔 것이 갤러리에 저장되어 있다.

기차가 출발하고 나서야 할머니한테 전화를 했다.

— 걱정하지 마요. 아, 왜 못 찾아가요. 주소도 있고 핸드폰 보면 찾아가는 법 다 나와요.

할머니가 기함을 했다.

— 그래, 니는 니 애비한테 가서 살아라. 나도 너거 둘, 밥해 먹이기 힘들다.

— 알았다고요.

한껏 목소리를 짓누르며 전화를 끊었다.

창문에 눈을 붙이고 휙휙 밀려나는 나무와 들판을 멍하니 바라보았다. 할머니 말대로 아예 아빠하고 같이 서울에서 살까? 둘 밥해 주기 싫다면 연서 하나면 괜찮다는 말인데, 연서는 할머니 좋아하니까 괜찮겠지. 그래도 연서 떼 놓고 어떻게 나만? 연우 니가 연서를 잘 돌봐 줘야 한다고 엄마가 부탁했는데. 조금 전 들떴던 마음이 싸해지면서 생각이 복잡하게 엉켰다. 눈을 꾹 감았다, 떴다. 또 감았다, 떴다.

하아, 길게 숨을 내쉬었다.

하늘에 새털구름이 한가득 펼쳐져 있다. 하늘은 하늘이라서 좋겠다. 높고 넓게 펼쳐져서 서로 밀어내지도 침범하지도 않고 공평하게 땅 위를 내려다보고 있으니까.

산이 지나간다. 먼 산에 나무가 폭신폭신한 카펫처럼 뭉쳐 있다. 나무는 나무라서 좋겠다. 가만히 서 있어도 싹이 나고 꽃이 피고 짙푸른 숲을 이룰 수 있으니까. 저 숲에는 돼지, 노루, 고라니, 토끼, 다람쥐, 지렁이도 살 거다. 모두들 좋겠다. 숲이 다 품어 주니까.

마을이 보인다. 산 밑에 옹기종기 집들이 모여 있다. 집들은 동네를 이루니 좋겠다. 저 동네에도 어른들과 아이들이 살겠지. 아니다, 요즘은 산골 동네에 아이들이 별로 없다. 우리 학교에도 아이들이 열네 명밖에 안 된다. 그래서 선생님들은 아이들 사정을 속속들이 잘 안다. 1학년 세 명, 2학년 다섯 명, 3학년 여섯 명, 우리는 군청에서 보내 주는 스쿨버스를 타고 학교에 오간다.

바둑판 같은 들판이 푸르게 일렁인다. 논에 뿌리를 박은 저 벼들은 쏟아지는 뙤약볕을 용케도 잘 견디고 있다. 폭풍우가 몰려와도 굳세게 버텨라. 그렇게 익어서 알곡이 되면 나는 너희들이 희생으로 만들어 낸 그 밥 잘 먹고 이담에 태권도 사범이 될 거다.

기차가 역에 섰다. 역 건너편에 해바라기가 노랗게 피어 있다. 해를 바라려고 발뒤꿈치를 들고 빼곡하게 서 있다. 해바라기는 해바라기라서 좋고, 부지런히 기차를 타고 내리는 사람들은 바빠서 좋겠다.

저기, 저 보따리를 양손에 잔뜩 든 할머니는 꼭 우리 할머니 같다. 우리 할머니, 잔소리만 안 하면 얼마나 좋을까. 눈만 뜨면 잔소리를 한다. 아빠가 생활비도 꼬박꼬박 보내 주는데 그렇게 동동걸음을 치며 악착같이 농사를 지을 게 뭐람. 맨날 여기저기 아프다고 주무르라고 하면서.

어쨌든 기차를 타고 달리니 좋다. 가만히 앉아서 눈길만 보내도 파노라마처럼 하늘과 산과 마을과 꽃과 오가는 사람들을 눈앞에 데려다 놓고 펼쳐 보여 주니까. 이제 자주 기차를 타고 아빠한테 가야겠다. 생각이 꼬리를 무는 동안 벌써 종착역이다.

서울 도착. 역을 빠져나오며 주위를 힐끔거렸다. 모두 바쁜 걸음을 옮길 뿐, 사람들은 나 같은 시골 놈에겐 관심이 없다. 나는 에스컬레이터를 타고 내려가며 쭉쭉 뻗어 올라간 빌딩과 도로 위를 달리는 자동차를 눈여겨봤다. 연서에게 서울 이야기를 해 주려면 자세히 봐야 할 것 같았다. 하지만 서울이라고 별반 다른 것도 없었다. 우리 시골 동네하고는 비교할 수 없지만 동대구하고 비슷한 느낌이었다.

자, 아빠는 어디에 살고 있을까? 앞에 보이는 저런 빌딩일까, 고모네처럼 아파트일까, 아니다 무슨 연립이라고 했는데. 서울역 광장에 서서 찾아가는 길을 검색했다. 오호, 여기서 950미터밖에 안 된다. 오후의 열기를 헤치고 힘차게 발걸음을 옮겼다. 건널목을 건너고 큰 호텔을 지나고 오르막을 올랐다. 양쪽으로 오래되고 낡은 집이 다닥다닥 붙어 있는 좁은 골목이 나왔다. 어, 서울에 이런 곳이? 실망스러운 마음을 누르며 골목 안으로 들어갔다. 골목 양쪽 낡은 집 담장에 전기 계량기가 대여섯 개씩 붙어 있고, 쓰레기봉투를 내다 놓은 곳에서 파리가 날았다. 모퉁이를 돌아서니 또 비스듬한 골목이 이어졌다. 곧 무너질 것 같은 집 앞, 헌 옷 수거함에서 할머니가 헌 옷을 뒤적이고 있었다. 저만큼에서 할아버지가 지팡이를 짚고 힘겹게 걸어가고 예닐곱 살쯤 된 남자애가 두부 봉지를 달랑거리며 뛰어갔다.

사람 사는 동네가 맞는가 싶을 정도였다. 어떻게 저렇게 높은 빌딩 사이에 이렇게 오래되고 낡은 집들이 있을까?

또 좁은 골목길을 올라갔다. 2층 붉은 벽돌 집 앞에서 길 안내가 종료되었다. 집을 올려다보는데 어깨 힘이 쭉 빠졌다. 아, 아빠가 이런 데서 살고 있구나.

아빠한테 전화를 했다.
— 아빠 어디고? 내 서울 왔다. 아빠 집 앞이다.
— 뭐라고? 연락도 없이 오면 어떡하노?
아빠가 당황한 목소리로 소리쳤다. 갑자기 말문이 막혔다.
— 연우야, 그냥 가면 안 되나? 아빠 멀리 와서 일하기 때문에 한동안 집에 못 간다.
아빠가 사정 조로 말했다. 여기까지 왔는데 돌아가라고?
— 연우야, 실은 일하느라 한동안 집을 비웠다. 연우, 니

아빠 방 보면 실망할 텐데 우짜지?

 엄마한테 그렇게 혼나고도 아무데나 양말을 던져 놓고 사나? 밑반찬 오래 두지 말고 버리라는 엄마 말을 무시했나? 하긴, 엄마는 지독했다. 그렇게 아픈데도 아빠한테 살림하는 법을 차근차근 가르쳤지. 너희들 밥 한 끼 따뜻하게 해 먹이는 게 엄마 기쁨이야, 하더니 왜 우릴 놔두고 혼자 떠난 거야? 아, 한연우 생애 최초로 서울에 입성했는데 왜 이렇게 지질하냐? 이 좁은 골목, 땡볕 아래에서 엄마를 불러내면 어쩌자는 거야.

ㅡ 아, 됐다. 빨리 방이나 가르쳐 줘. 배고프다.

 아빠는 마지못해 방 위치와 자물쇠 번호를 알려 주었다. 아빠 방은 2층 끝, 문에 걸려 있는 자물통 번호를 누르고 들어섰다. 방 안에 갇혀 있던 열기가 한꺼번에 훅, 튀어나왔다. 세상에, 이렇게 작은 방이 있다니! 창문 하나 없는 캄캄한 굴속 같은 방, 한 사람이 누우면 딱 맞을 정도였다. 가구도 하나 없다. 옷가지는 벽에 걸려 있고, 벽에 붙은 선반 위에 작은 냉장고가 있을 뿐. 마치 소인국에 떨어진 걸리버가 된 기분이었다. 숨이 콱 막혀서 어정쩡하게 서 있는데 밖에서 소리가 들렸다.

"누구시오?"

 앞쪽 열린 문틀을 힘겹게 잡고 서 있는 해골처럼 눈이 퀭한 할아버지. 나는 깜짝 놀라서 더듬거리며 자초지종을 얘기했다. 할아버지가 고개를 끄덕이며 돌아섰다. 나는 그대로 방에 주저앉았다. 다리를 펴니, 발끝이 반대편 벽 쪽에 닿았다. 선반에 있는 선풍기를 내려서 틀었다. 고장이 났는지 덜덜거렸다.

배가 고프다. 일어나서 냉장고를 열었다. 쪼글쪼글해진 사과 한 개와 먹다 남은 고추장, 멸치 한 봉지, 냉장고 옆쪽에 라면 일곱 개와 소주병 두 개가 있었다. 라면이라도 끓여 먹을까, 하고 두 개를 내렸지만 휴대용 버너는 있는데 아무리 찾아도 냄비와 물이 없었다. 아빠는 왜 이렇게 사는 걸까. 생각할수록 기가 막혔다. 주방도 없는 이런 곳에서 어떻게 자고, 뭘 해 먹고 사는 거지?

그냥, 집으로 내려갈까?

여기까지 왔는데 아빠는 보고 가야지.

에잇, 옆에 있는 라면 봉지를 주먹으로 내리쳤다. 라면 봉지가 터지면서 라면이 튀어나왔다. 나도 모르게 튀어나온 라면을 집어서 입에 넣었다. 스프를 뿌리니 매콤짭짤한 생라면이 먹을 만했다. 누운 채로 우적우적 라면 하나를 다 씹어 먹었다. 바람구멍 하나 없는 곳이라 전등 불빛마저 뜨거웠다. 불을 껐다. 문틈으로 앞방의 전등 빛 한줄기가 빗금처럼 들어왔다. 문을 열면 앞방이 보이고 그 방에는 신분을 밝혔음에도 미심쩍어하는 해골 할아버지가 문을 열어 놓고 있다. 문을 닫은 채, 가만히 있는데 사우나에 온 듯 땀이 줄줄 흘렀다. 티셔츠를 벗었다. 그래도 덥다. 바지도 벗었다. 팬티만 입고 무덤 같은 곳에 누웠다. 속에서 열불이 났다. 다시 불을 켰다. 벽에 붙어 있는 사진을 쳐다보았다. 넷이서 바닷가에 갔을 때 바위에 나란히 앉아서 찍은 사진. 이때만 해도 엄마가 살아 있었고 우리 가족이 이렇게 흩어질 줄은 몰랐다.

오줌이 마려웠다. 옷을 주워 입고 문 앞에서 쭈뼛거리는데 해골 할아버지가 나오더니 손가락으로 중간쯤 있는 문을 가리켰다. 2층에 딱 하나 있는 화장실, 여기 사는 사람들이 공동으로 쓰는 것 같았다. 화장실 옆에 비닐 커튼으로 가려진 작은 샤워실 벽면에는 "제발 여기서 오줌 싸지 마시오"라는 글씨가 휘갈겨져 있었다. 다시 굴속 같은 방에 들어와 누웠다.

아빠도 안 온다는데 그냥, 집에 내려갈까?

나가서 서울역 쪽에서 돌아다닐까?

피시방이나 영화관에 갈까?

생각만 하다가 깜빡 잠이 든 모양이다. 눈을 떠 보니 밤 9시다. 창문이 없으니 해가 떨어지는 줄도 몰랐다. 등에서 흘러내린 땀이 바닥에 흥건했다. 젠장, 이 더위에 됫박만 한 방에서 뭘 하고 있는 거지?

아빠가 검은 벙거지 모자를 쓰고 문을 열었다. 나는 깜짝 놀라서 급히 옷을 입고 흩어진 라면 부스러기를 대충 쓸며 봉지를 구겨 들었다.

"며칠 있다 온다더니?"

아빠가 하얀 이를 드러내며 씨익, 웃었다. 허여멀끔했던 아빠 얼굴이 까맣고, 두툼했던 턱과 볼이 홀쭉하다. 홀로코스트에서 살아 나온 사람이 있다면 저럴까?

"아들 보고 싶어서 안 왔나. 치킨 사 왔다. 먹자."

아빠와 마주 앉으니 이마가 닿을 것 같았다. 아빠의 충혈된 두 눈이 피곤해 보였지만 환한 미소는 여전했다. 엄마가 저 미소에 반해서 아빠랑 결혼했다고 했지. 그래서 나와 연서를 낳았고. 엄마, 아빠, 연우, 연서, 우리 네 식구가 오순도순 사는 게 당연한 일인 줄 알았다. 그런데 그런 우리 집 풍경이 당연한 게 아니었던 거다.

"아빠 이래 사는 것 보고 마이 놀랐재?"

아빠가 맥주 캔을 따서 한 모금 마신 후, 어설프게 웃었다.

"아빠, 당장 집에 가자. 집에 가서 같이 살자."

나도 모르게 목소리가 잦아들었다.

"아들, 아빠 괜찮다. 걱정 마라."

"걱정 안 하게 생겼냐고?"

"인마, 꽃이나 나무를 옮겨 심어도 새 땅에 뿌리를 내리려면 힘이 든다 아이가. 시간이 흐르고 뿌리가 땅에 튼실히 박히게 되면 꽃도 피워 내고 잎도 피는데, 아빠도 마찬가지 아니겠나. 아직 서울에 온 지 일 년도 안 됐다. 새로 뿌리를 내리려니 힘이 들긴 해도 아빠는 잘 해낼 수 있다. 아빠 함 믿어 봐라."

아빠가 내 어깨에 손을 얹으며 힘주어 말했지만 난 성마르게 고개를 저었다.

"이게 어디 사람 사는 데냐고. 이런 데서 숨 막혀서 어떻게 사노? 고집 부리지 말고 집에 가자. 제발!"

나도 모르게 눈물이 핑그르르 돌았다.

"지금 집에 가면 아빠가 뭘 할 수 있는데? 농사지을 땅도 없고, 트랙터도 없는데…."

"그럼, 여기 살지 말고 다른 데로 이사 가. 주방도 있고 화장실도 있는 데로."

"걱정 마라. 여기도 다 사람 사는 데다. 서울엔 방세가 비싸. 그런데 여긴 보증금도 없고 월세도 싸다. 이웃끼리 서로 일자리도 알아봐 주고, 서울역이 바로 앞이라 교통도 편하고."

아빠의 검게 탄 이마에 땀이 번들거렸다. 나는 바닥에 굴러다니는 쉰내 나는 수건을 아빠에게 건넸다. 아빠가 이마와 목덜미를 쓰윽 닦았다.

아빠는 농부였다. 논농사 밭농사를 지으며 트랙터로 동네 사람들 논밭을 갈아 주러 다녔다. 그런데 엄마 병원비를 대느라 논도 팔고 밭도 팔고 트랙터도 팔았다. 그러나 지난봄, 엄마는 영영 떠나 버렸다.

"참, 니 태권도 대회에서 1등 했다매? 할머니가 니 자랑 많이 하더라. 한연우, 정말 장하다!"

"아, 자꾸 말 돌리지 말고, 집에 가자고."

"연우야, 니가 아무리 그래도 아빠 안 간다. 목표가 있는 사람은 고생이 뭔지 모른다. 앞뒤 살필 겨를이 없다. 돈 벌어서 논밭도 다시 사고, 트랙터도 사서 폼 나게 돌아갈 기다. 자, 자, 아들. 아무 걱정 말고, 아빠하고 맥주나 마시자. 우리 아들이 벌써 중학교 2학년이네. 아빠랑 한잔해도 될 것 같은데."

아빠가 맥주 캔 하나를 따서 내밀었다.

"됐다. 난 술 안 먹는다. 아빠, 만날 술 먹나?"

"어, 아니. 아 저 소주병. 며칠 전 옆방 김씨가 같이 마시자고 사 들고 온 기다. 내가 술을 못 마신다고 하니 혼자서 먹고 갔다. 아빠는 술 많이 안 마신다. 우리 연우, 연서도 엄마 아빠 없이 잘하고 있는데 아빠가 술이 나 마시고 있으면 안 된다 아이가. 오늘은 우리 아들 봐서 기분 좋으니까 먹는 거고."

아빠가 고개를 젖히고 맥주를 벌컥벌컥 쏟아부었다.

"연우야, 그래도 아빠는 일할 수 있어서 좋다. 니 봤재. 이 작은 집 한 채에 방이 열여섯 개다. 방을 잘게 쪼개서 월세를 놓은 거야. 그래서 쪽방이라고 하는데 대부분 다 늙고 병든 노인들이 산다. 그분들을 보면 건강한 게, 일할 수 있는 게 감사하지. 어쨌거나 그분들 볼 때마다 진짜 마음이 아프다."

아빠 말에 해골 같은 몰골의 앞방 할아버지가 떠올랐다.

"요, 앞방 할배도 수십 년째 혼자서 사는데, 아파서 일도 못 한다. 나라에서 주는 기초 연금으로 근근이 먹고산다 아이가. 쪽방촌 사람들 대부분이 글타. 야, 서울 와 보니 정말 극과 극이더라. 돈 많은 사람들은 특급 호텔에서 배 두드리면서 살고, 고 바로 밑에 사는 쪽방 사람들은 늙고 병든 몸으로 돌아누울 수도 없는 작은 방에서 죽을 날만 기다리고, 하아, 세상이 뭐 이렇노 싶기도 하고…."

진짜, 세상이 뭐 이렇노? 나는 우리 아빠가 이렇게 살고 있을 줄은 꿈에도 몰랐다. 전화할 때마다 늘 바쁘다, 미안하다, 하는 아빠를 원망했는데 아빠는 지난겨울 그 깡추위 속에서, 올여름 이 찌는 무더위 속에서 개고생을 하고 있었던 것이다.

"왜 힘들다고 말 안 했는데?"

"야, 한연우, 그런 눈으로 보지 마라. 이래 봬도 아빠한테는 희망이 둘이나 있다. 희망이 있으면 이깟 고생은 아무것도 아니지."

아빠가 손나팔을 만들어 허공에다 소리쳤다.

"나, 한태욱의 희망은 한연우, 한연서다!"

아, 이놈의 더위. 등짝으로 땀이 줄줄 흐른다.

"아빠, 나 내일 집에 갈 거다. 다음 주가 개학이야."

"미안하다, 아들. 서울 구경도 시켜 주고 맛있는 것도 같이 먹고 해야 하는데. 아빠가 일을 빠질 수 없어서. 아, 우리집 앞 용수천 생각난다. 이런 날에 나가서 등목하면 시원할 긴데. 아들하고 쏘가리 잡아서 매운탕 끓여 먹으면 좋겠다."

아빠가 깍지 낀 손을 뒤로 올리고 허리를 젖혔다.

"어쨌든 빨리 집에 온나."

"알았다. 근사한 트랙터 타고 짠 나타날게. 그때까지 아들, 딱 기다려라. 하하하."
 아, 저 꺾이지 않는 당당한 모습. 아빠 웃음 한 방에 방 안이 환해지는 것 같았다. 나는 쉰내 나는 수건을 주워서 얼굴을 쓰윽, 닦았다.

 진짜 꼭 붙어 잤다, 돌아누울 수도 없는 작은 굴속에서.
 아빠의 단단한 근육이 쇠붙이처럼 내 뼈를 눌러서 꼼짝할 수가 없었다. 아빠는 꼭두새벽에 내 손을 한번 꽉 잡아 주고 나갔다. 나도 곧 일어나 서울역 편의점에서 생수와 삼각김밥 두 개, 라면 한 봉지를 산 후, 기차를 탔다. 기차가 고층 빌딩과 빌딩 속에 에워싸인 쪽방촌을 힘차게 밀어냈다. 이제 이 기차가 달려가는 곳에서 광활한 하늘과 짙푸른 산, 넓은 들판을 만나게 될 것이다. 하늘은 하늘이라서 좋고, 산은 숲과 나무를 품어서 좋다. 푸르게 물결치는 들판이 황금색으로 변해서 추수를 할 때쯤, 아빠가 돌아오면 좋겠다. 아빠가 개선장군처럼 트랙터 위에 앉아서 잘 익은 벼들을 추수하고 알곡 자루를 묶을 때, 나는 아빠를 향해 두 팔을 높이 흔들며 활짝 웃어 줄 것이다.
 대전역에서 옆자리에 앉았던 아주머니가 내렸다. 나는 봉투에서 삼각김밥과 라면 봉지를 꺼냈다. 비어 있는 좌석에 라면을 놓고 주먹으로 쳤다. 경험이 쌓이면 노하우가 생기는 법. 라면 봉지의 중간 부분을 한 방 먹이고, 바깥쪽에서부터 차근차근 부숴 갔다. 이 라면은 아빠와 아빠의 쪽방을 잊지 않기 위해 경건한 마음으로 먹을 것이다. 꺾이지 않는 아빠의 당당함을 나도 닮고 싶기 때문이다.

동대구역에서 내려 영천으로 가는 버스를 탔다. 버스에 먼저 타고 있던 우리 반 기훈이가 나를 알아보고 반갑게 손짓을 했다.

"어디 갔다 오노?"

"어, 서울."

"나도 얼마 전에 서울 삼촌네 갔다 왔는데. 사촌들하고 롯데월드, 서울랜드 다 갔다 왔다. 서울랜드 블랙홀 이천, 죽이더라. 진짜 리얼로 오줌 지렸다니까. 우리 사촌은 무섭다고 샷드롭도 못 타더라."

"응, 그래. 기훈아, 나 저기 가서 앉을게."

나는 얼른 뒷자리로 갔다. 야, 정기훈. 난 그딴 거 하나도 안 부럽다. 우리 아빠가 새 트랙터 사 가지고 돌아와서 동네 논밭, 싹 갈아 주고 벼 추수할 때, 아빠 옆에 높이 앉아 있는 내 모습이나 부러워하지 마라.

정류장에 내리니 연서가 손 선풍기와 차가운 얼음물 한 병을 들고 기다리고 있었다.

"더운데 뭐 하러 나왔노."

"할머니가 오빠 더위 먹는다고 나가 보라 했다."

연서가 내미는 물병을 받아서 단번에 다 마셨다. 내 모습을 연서가 눈이 동그래져서 쳐다보았다. 나는 연서를 데리고 정류장 뒤에 있는 슈퍼에 들어갔다. 할머니가 좋아하는 브라보콘 세 개와 라면 다섯 개를 샀다.

"오빠야, 아빠 잘 있나? 아빠 언제 온다대?"

"아빠, 잘 있다. 추석에 온다 했다."

땀에 젖은 연서 앞머리를 걷어 올려 주자 연서가 생긋 웃었다. 연서야, 나하고 너는 아빠의 희망이란다, 말해 주고 싶어서 목구멍이 간질거렸지만 부끄러워서 꾹 눌렀다. 그 대신 들고 있던 라면을 가게 평상 위에 놓고 퍽퍽, 쳐서 입 안으로 쏟아부었다.

"먹을래?"

연서가 살래살래 고개를 저었다.

"오빠야, 니 서울 가고 나서 고모가 할머니한테 엄청 뭐라 했다. 아 기 죽이지 말라고. 그래서 할머니가 잘못했다고 했으니까 걱정 마라. 집에 가도 할머니 야단 안 칠 기다. 다음에 아빠한테 갈 땐, 나도 데리고 가라. 나도 기차 타고 싶다."

"알았다."

연서가 라면 봉지를 가리키며 냉큼 제비처럼 입을 벌렸다.

"니도 아빠가 생각나면 생라면 먹어라. 이게 마법이다. 마법."

"그기 무슨 말인데?"

"그런 게 있다."

연서가 의아한 눈빛으로 올려다보며 고개를 갸웃거렸다.

대문에 들어서니 수돗가에서 열무를 다듬던 할머니가 입가에 빙긋 미소를 흘리며 말했다.

"애비한테 가서 살지 와 왔노. 밥해 주기 싫다니까."
"밥 안 하게 하면 되잖아요."
"어디, 서울에서 밥 안 먹고 사는 방도를 배워 왔나?"
 내가 불퉁하게 브라보콘을 내밀자 할머니 눈가의 주름이 하회탈처럼 잡혔다.

「기차가 달려간 곳에는」을 감상한 내용을 바탕으로 다음 활동을 해 봅시다.

1. 다음 장면을 아빠를 서술자로 하여 바꿔 써 봅시다. 그리고 작품의 분위기나 주제가 어떻게 달라졌는지 살펴봅시다.

> 아빠한테 전화를 했다.
> ─ 아빠 어디고? 내 서울 왔다. 아빠 집 앞이다.
> ─ 뭐라고? 연락도 없이 오면 어떡하노?
> 아빠가 당황한 목소리로 소리쳤다. 갑자기 말문이 막혔다.
> ─ 연우야, 그냥 가면 안 되나? 아빠 멀리 와서 일하기 때문에 한동안 집에 못 간다.
> 아빠가 사정 조로 말했다. 여기까지 왔는데 돌아가라고?
> ─ 연우야, 실은 일하느라 한동안 집을 비웠다. 연우, 니 아빠 방 보면 실망할 텐데 우짜지?
> 엄마한테 그렇게 혼나고도 아무데나 양말을 던져 놓고 사나? 밑반찬 오래 두지 말고 버리라는 엄마 말을 무시했나? 하긴, 엄마는 지독했다. 그렇게 아픈데도 아빠한테 살림하는 법을 차근차근 가르쳤지. 너희들 밥 한 끼 따뜻하게 해 먹이는 게 엄마 기쁨이야, 하더니 왜 우릴 놔두고 혼자 떠난 거야? 아, 한연우 생애 최초로 서울에 입성했는데 왜 이렇게 지질하냐? 이 좁은 골목, 땡볕 아래에서 엄마를 불러내면 어쩌자는 거야.
> ─ 아, 됐다. 빨리 방이나 가르쳐 줘. 배고프다.
> 아빠는 마지못해 방 위치와 자물쇠 번호를 알려 주었다.

2. '나'가 아빠를 만나러 갈 때와 집으로 돌아올 때 생각이나 태도가 어떻게 달라졌는지 말해 봅시다.

나가며

　지금까지 우리는 문학 작품을 읽으며 보는 이와 말하는 이의 특징을 파악하고, 그것이 작품의 주제와 분위기를 형성하는 데 미치는 영향을 살펴보았습니다. 「딸기」, 「나무의 꿈」, 「작지만 온몸인 은빛 물고기처럼」에서는 시의 화자를 중심으로, 「동백꽃」, 「내가 그린 히말라야시다 그림」, 「기차가 달려간 곳에는」에서는 소설의 서술자를 중심으로 작품을 감상했습니다.

　특히 「딸기」, 「나무의 꿈」을 읽으면서는 사람이 아닌 화자의 특징과 효과를 살펴보았지요. 「딸기」에서는 딸기가 의인화되어 딸기를 사려는 사람들에게 말을 걸고 있습니다. 「나무의 꿈」에서는 나무가 의인화되어 다른 나무에게 말을 걸지요. 사람이 아닌 딸기와 나무가 화자로 등장하니 어떤가요? 화자로 인해 시의 주제가 효과적으로 드러나는 것을 확인할 수 있었을 것입니다. 「작지만 온몸인 은빛 물고기처럼」에서는 학생이 화자로 등장합니다. 학생인 여러분의 입장에서는 이 시를 읽으면서 어떤 느낌이 들었나요? 화자가 할 수 있는 것들, 행동하기 전에 고민하는 것들에 대해 더

공감하며 읽을 수 있었을 것입니다.

「동백꽃」에서는 점순이의 마음을 눈치채지 못하는 어리숙한 '나'가 서술자로 등장하여 웃음을 유발합니다. 「내가 그린 히말라야시다 그림」에서는 미술 대회에서 실수로 상을 받지 못하게 된 '나'와 다른 사람의 실수로 상을 받게 된 '나'가 같은 사건을 서로 다르게 전달하고 있지요. 「기차가 달려간 곳에는」에서는 아버지가 겪고 있는 어려움을 이해하고 변화하게 되는 '나'의 이야기가 '나'의 시각에서 생생하고 솔직하게 서술되어 있습니다.

작품을 읽고 난 후 서술자와 화자를 바꾸었을 때 작품에 어떠한 변화가 생기는지 파악하는 활동 등을 하며 보는 이와 말하는 이의 중요성을 잘 알았겠지요. 앞으로도 문학 작품을 읽을 때에 보는 이와 말하는 이의 특성에 주목하며 작품을 감상하면, 여러분은 작품의 주제와 표현의 특징 등을 파악하며 작품의 의미를 깊이 있게 이해할 수 있을 거예요.

2부

경험을 형상화하기
개성적 발상과 표현

들어가며

SNS나 소셜 미디어에서 개성적인 섬네일을 사용한 것이 조회수가 높은 것을 확인할 수 있어요. '절대 따라 하지 마세요'처럼 오히려 따라 해 보고 싶게 만들거나 '돈을 잃었는데 부자가 됐어요'처럼 앞뒤가 맞지 않는 표현을 써서 궁금증을 유발하기도 해요. 심지어 '학교에서 절대 하면 안 되는 행동 TOP 5(근데 다 해 봄)'처럼 웃음을 유발하면서 현실을 비꼬는 표현도 많죠.

이처럼 속마음을 반대로 표현하거나, 또는 모순된 표현을 활용하거나 현실을 웃기게 꼬집으면, 같은 내용도 훨씬 더 흥미롭고 인상 깊게 전달할 수 있답니다. 문학에서도 마찬가지예요. 작가는 자신의 생각이나 경험을 전달할 때 단순한 설명 대신 반어, 역설, 풍자 같은 독특한 표현 방식을 사용하죠.

반어 – 반대로 말해서 더 강하게!

반어는 하고 싶은 말을 반대로 말해서 의미를 더 강하게 드러내는 방법이에요. 약속 시간에 늦은 친구에게 '정말 시간

약속을 잘 지키는구나!'라고 말하는 것처럼요. 속마음과 반대로 말해서 오히려 더 강한 메시지를 전달하는 것이지요.

역설 - 모순 속에 숨은 진실

역설은 겉으로 보기엔 말이 안 되는 것처럼 보여도, 그 안에 깊은 진실이 담긴 표현이에요. 이순신 장군이 명량 대첩을 앞두고 두려워하는 군사들에게 '죽고자 하면 살 것이요, 살고자 하면 죽을 것이다'라고 말한 것처럼, 앞뒤가 맞지 않아 보이는 모순된 표현 속에 목숨을 걸고 싸울 각오가 되어야 오히려 살아남을 수 있다는 깊은 진리를 담고 있죠.

풍자 - 웃음으로 세상을 꼬집다

풍자는 현실의 부조리한 모습을 웃음이나 과장으로 표현해 비판하는 방식이에요. '흥부는 착해서 거지 되고, 놀부는 못돼서 부자 됐죠'라는 표현 속에는 착한 사람은 불행해지고, 나쁜 사람은 잘살게 되는 현실을 비꼬는 의도가 숨어 있죠.

이러한 개성적인 표현 방식을 익히고 나면, 여러분도 많은 친구들이 궁금해하고 공감할 만한 표현을 멋지게 쓸 수 있을 거예요. 이제 여러분만의 개성적인 표현법을 익혀 볼까요?

● **2부 작품 한눈에 보기**

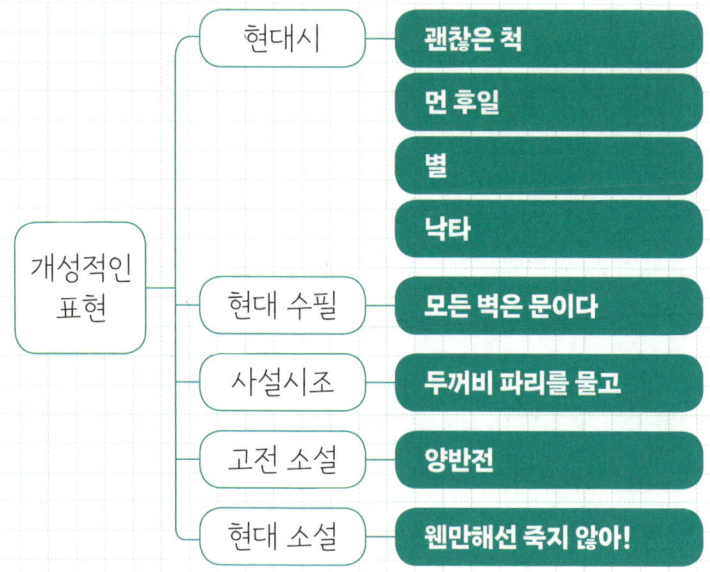

> 넘어지고 부딪치는 상황에서도 괜찮다고 말하는 화자의 상황을 표현한 시입니다. 화자의 진짜 속마음이 어떤지 생각하며 시를 읽어 봅시다.

괜찮은 척

김웅

괜찮아
괜찮아요

넘어져 피가 나도
부딪쳐 깨져도

친구들이 물어볼 때면
어른들이 걱정할 때면
거짓말이 튀어나온다

사실은 안 괜찮은데
아프다고 말하고 싶은데
힘들다고 말하고 싶은데

「괜찮은 척」을 감상한 내용을 바탕으로 다음 활동을 해 봅시다.

1. 다음 시 구절과 그 의미를 연결해 봅시다.

2. 화자가 '괜찮다'고 반복해서 말하는 진짜 이유는 무엇일지 짐작해 봅시다.

3. 1, 2를 바탕으로 빈칸에 들어갈 알맞은 말을 넣어 봅시다.

> 이 화자는 겉으로는 '괜찮다'고 말하지만 실제로는 _____ 상태이다. 이렇게 속마음과 반대로 말하는 _____ 를 사용하여 화자의 힘든 마음이 더 _____ 느껴진다.

4. 이 시의 화자에게 해 주고 싶은 말을 적어 봅시다.

> 먼 후일에 있을 일을 가정하여 쓴 시입니다. 반복되는 구절을 통해 화자의 속마음은 어떠할지 생각하며 시를 읽어 봅시다.

먼 후일

김소월

먼 훗날 당신이 찾으시면
그때에 내 말이 '잊었노라'

당신이 속으로 나무라면
'무척 그리다가 잊었노라'

그래도 당신이 나무라면
'믿기지 않아서 잊었노라'

어제도 오늘도 아니 잊고
먼 훗날 그때에 '잊었노라'

「먼 후일」을 감상한 내용을 바탕으로 다음 활동을 해 봅시다.

1. 이 시에서 반복되는 구절을 통해 화자가 처한 상황을 적어 봅시다.

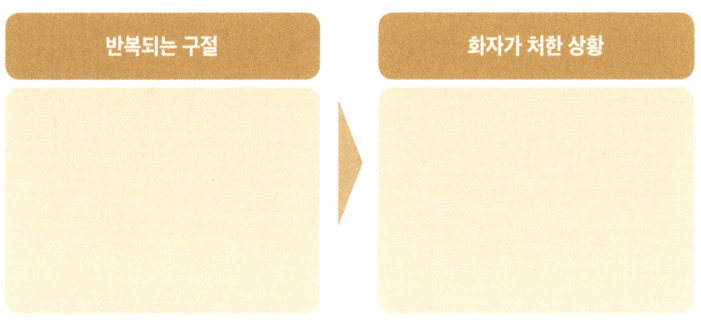

2. 다음은 이 시를 읽고 쓴 학생의 감상 글입니다. 빈칸에 들어갈 화자의 속마음을 추측해 봅시다.

> "어제도 오늘도 아니 잊고"라는 구절에서 이 시의 화자는 '당신'을 잊으려는 마음이 전혀 없는 것으로 생각할 수 있다. 그런데 과연 먼 훗날 그때에는 정말로 '잊었노라'고 말할 수 있을까? 아마 그때에도 화자는 속으로 _____ 것이라고 추측할 수 있다.

3. 이 시와 다음 시의 밑줄 친 부분에 공통으로 사용된 표현법과 그 효과를 적어 봅시다.

진달래꽃

김소월

나 보기가 역겨워
가실 때에는
말 없이 고이 보내드리우리다.

영변에 약산
진달래꽃
아름따다 가실 길에 뿌리우리다.

가시는 걸음걸음
놓인 그 꽃을
사뿐히 즈려 밟고 가시옵소서.

나 보기가 역겨워
가실 때에는
<u>죽어도 아니 눈물 흘리오리다.</u>

- 표현법:

- 효과:

> 별이 어둠 속에서만 빛을 드러내듯, 어려움 속에서 오히려 꿈이 있다는 삶의 진리를 담은 시입니다. 표현에 주목하며 시를 읽어 봅시다.

별

정진규

별들의 바탕은 어둠이 마땅하다
대낮에는 보이지 않는다
지금 대낮인 사람들은
별들이 보이지 않는다
지금 어둠인 사람들에게만
별들이 보인다
지금 어둠인 사람들만
별들을 낳을 수 있다

지금 대낮인 사람들은 어둡다

「별」을 감상한 내용을 바탕으로 다음 활동을 해 봅시다.

1. 시의 '대낮'과 '어둠'이 지닌 의미를 정리해 봅시다.

2. 이 시에 쓰인 표현 중 역설이 사용된 부분을 찾고 그 의미를 파악해 봅시다.

3. 다음 글을 참고하여 이 시의 주제를 적어 봅시다.

> 별은 낮에도 하늘에 떠 있지만, 태양의 빛이 너무 밝아 우리 눈에는 잘 보이지 않습니다. 하지만 밤이 되어 태양의 빛이 사라지면, 그때야 비로소 어두운 하늘에서 별빛이 또렷하게 드러나게 됩니다.

> 사막을 홀로 걷는 낙타와 같은 존재도 혼자가 아니라는 삶의 지혜를 전하는 시입니다. 시의 역설적 표현이 전하는 위로를 느끼며 시를 읽어 봅시다.

낙타

이장근

낙타는 혼자 갈 때도
혼자 가는 게 아니다

혹 하나 혹 둘
혹을 업고 간다

더위도 추위도 목마름도
혹이 있어 견딜 수 있다

나도 혼자 가지만
혼자 가는 게 아니다

꿈 하나

꿈 둘

아직 멀었지만
아직도 가고 있다

「낙타」를 감상한 내용을 바탕으로 다음 활동을 해 봅시다.

1. 다음 글을 참고하여 낙타의 혹이 지닌 의미를 파악해 봅시다.

   > 낙타는 어떻게 사막의 더위·추위·목마름을 견디며 살아갈 수 있을까? 그 비밀은 낙타의 혹에 있다. 낙타의 혹은 평소에 지방을 저장해 두었다가 에너지가 필요할 때 저장한 지방을 연소시켜 체내에 수분과 영양분을 공급한다. 혹이 없다면 낙타는 사막의 환경을 견디기 어려웠을 것이다.

2. 다음에서 설명하는 표현이 사용된 부분을 이 시에서 찾아봅시다.

   > 이 표현은 모순되는 사물이나 관념을 연결하여 읽는 이에게 참신한 느낌을 준다. 이러한 표현은 표현에 담긴 사실이나 진리를 더욱 강조하는 효과가 있다.

3. 작가가 독자에게 전하고 싶은 주제가 무엇일지 적어 봅시다.

> 살면서 만나는 어려움을 긍정적으로 바라보는 작가의 삶의 태도가 드러나는 수필입니다. 역설적 표현이 담고 있는 삶의 진실에 주목하며 글을 읽어 봅시다.

모든 벽은 문이다

정호승

　영화 '해리 포터'를 떠올리면 결코 잊지 못할 장면이 하나 있습니다. 열한 살 고아 소년 해리가 '호그와트 마법 학교'에 입학하기 위해 런던 킹스크로스역 벽을 뚫고 들어가던 장면입니다. 아무도 들어갈 수 없는 차단된 벽 속으로 해리가 성큼 발을 내딛고 들어서자 벽 속에는 마법 학교로 가는 특급 열차를 기다리는 아이들이 승강장에서 왁자지껄 떠드는 장면이 펼쳐졌습니다. 저로서는 전혀 상상하지 못한 충격적인 장면이었습니다.

　그것은 벽이 문이 되는 장면이었습니다. 저는 그 장면을 보고 모든 벽 속에는 문이 존재해 있다는 사실을 분명 알게 되었습니다. 벽은 항상 굳게 막혀 이곳과 저곳을 차단함으로써 그 존재 가치를 지니는 것인데, 그 안에 또 다른 세상으로 나갈 수 있는 출구가 존재한다는 사실은 내 인생의 벽에 대해서도 깊게 생각하게 해 주었습니다. 해리 포터의 작가 조앤 K. 롤링만 해도 '해리 포터 시리즈'는 인생의 벽 앞에서 작가 자신이 연 용기의 문이었습니다. 이혼 후 어린 딸을 데리고 ˙생활고에 시달리며 자살까지 생각할 정도로 인생의 벽 앞에 서 있었지만 그녀는 '해리 포터'를 씀으로써 벽을 문으로 만들었습니다.

돌이켜 보면 저는 제 인생의 벽 앞에서 돌아서는 일이 많았지만 그래도 벽을 문으로 만들려고 노력한 적은 있었습니다. 내 인생의 꿈은 내가 원하는 삶을 사는 것이어서, 내 인생이라는 시간을 내가 주인이 되어 오로지 시를 쓰는 일에 사용하게 되는 것이어서, 잘 다니던 직장을 두 번이나 스스로 그만둔 적이 있었습니다.

처음 사회에 나와 국어 교사 생활을 3년 넘게 하다가 정해진 시간에 어김없이 남을 가르쳐야 한다는 사실이 갈수록 큰 고통으로 다가와 아무런 대책 없이 그만둬 버린 일이 그 하나입니다. 또 하나는 오랫동안 잡지사 기자 생활로 생계를 이어 가다가 그만둔 일입니다. 당시 제 꿈은 하고 싶은 일을 하면서도 가장으로의 역할을 할 수 있게 되는 일이었습니다.

그러나 쉬운 일은 아니었습니다. 늘 생계라는 벽에 가로막혀 번번이 되돌아서곤 했습니다. 좀처럼 그 벽을 뚫고 나갈 용기가 없었습니다. 그렇지만 마흔한 살 되던 해에 사라

• 생활고: 경제적인 곤란으로 겪는 생활상의 괴로움.

져 가는 그 꿈을 찾고 싶어 친지들 모두가 한사코 말리는데도 직장을 그만두었습니다. 지금 생각해 보면 그래도 그나마 벽을 뚫고 스스로 문을 열고 나왔기 때문에 보다 자유스러운 삶을 살게 된 게 아닌가 싶습니다.

조류 중에서는 하늘의 제왕인 독수리가 삶의 벽 앞에서 문을 여는 존재입니다. 독수리의 평균 수명이 인간과 비슷한 까닭은 늙음과 죽음의 벽 앞에서 독수리가 스스로 새로운 삶의 문을 열기 때문입니다. 독수리는 30년 좀 넘게 살게 되면 무뎌진 부리가 자라 목을 찌르고 날개의 깃털이 무거워져 날지 못합니다. 날카롭게 자란 발톱마저 살 속을 파고들어 죽을 수밖에 없는 위기에 직면하게 됩니다.

이때 독수리는 본능적으로 이대로 죽을 것인가, 아니면 뼈를 깎는 고통의 과정을 밟아 새롭게 태어날 것인가 선택하게 됩니다. 만일 새 삶을 선택하면 6개월 정도 먹는 것도 포기하고 그 과정을 견뎌 내야 합니다. 높은 *산정에 둥지를 틀고 암벽에 수도 없이 부리를 쳐 깨뜨리는 아픔의 시간을 보내고, 다시 새 부리가 날 때까지 기다리는 인내의 시간을 보내야 합니다. 그리고 새로운 부리가 나면 발톱을 모두 뽑아내고 새 발톱이 자랄 때까지 또 기다려야 합니다. 그러고는 그 새 부리로 낡은 날개의 깃털도 뽑아내고 새 깃털이 자라 날갯짓을 할 수 있을 때까지 기다려야 합니다. 참으로 견

• 산정: 산의 맨 위.

디기 힘든 고통의 과정이 아닐 수 없습니다. 그 과정이 얼마나 고통스러운지 이때 독수리의 몸은 피범벅이 됩니다. 그런데도 독수리는 그 고통의 벽 앞에서 자신을 전부 새롭게 갈고 새 삶의 문을 엽니다. 만일 독수리가 벽 속에 있는 문을 보지 못한다면 결코 인간과 같은 수명을 누리는 새 삶을 살지 못할 것입니다.

우리는 오늘이라는 벽 앞에서 내일이라는 새로운 삶을 위해 독수리처럼 선택과 결단의 문을 열어야 할 때가 있습니다. 그럴 때는 반드시 독수리와 같은 고통과 인내의 과정이 필요합니다. 2007년에 말기암으로 6개월 시한부 삶을 살면서도 '마지막 강연'이라는 동영상을 통해 전 세계인에게 희망과 사랑의 메시지를 던진 미국의 랜디 포시 교수는 인생의 벽에 대해 이렇게 말합니다.

"벽이 있다는 것은 다 이유가 있다. 벽은 우리가 무언가를 얼마나 진정으로 원하는지 가르쳐 준다. 무언가를 간절히 바라지 않는 사람은 그 앞에 멈춰서라는 뜻으로 벽이 있는 것이다."

이 말은 결국 인생의 벽을 절망의 벽으로만 생각하면 그 벽 속에 있는 희망의 문을 발견할 수 없다는 말입니다.

벽을 벽으로만 보면 문은 보이지 않습니다. 가능한 일을 불가능하다고 생각하면 결국 벽이 보이고, 불가능한 일을 가능하다고 보면 결국 문이 보입니다. 벽 속에 있는 문을 보는 눈만 있으면 누구의 벽이든 문이 될 수 있습니다. 그 문이 굳이 클 필요는 없습니다. 좁은 문이라도 열고 나가기만 하면 화합과 희망의 세상이 기다리고 있습니다. 그러나 마음속에 작은 문 하나 지니고 있어도 그 문을 굳게 닫고 벽으로 사용하면 이미 문이 아닙니다.

 문 없는 벽은 없습니다. 모든 벽은 문입니다. 벽은 문을 만들기 위해 존재합니다. 벽 없이 문은 존재할 수 없습니다.

「모든 벽은 문이다」를 감상한 내용을 바탕으로 다음 활동을 해 봅시다.

1. 이 글에서 작가가 영화 '해리 포터' 속 장면을 예로 든 이유를 짐작해 봅시다.

2. 다음 속담과 이 글의 제목이 지닌 공통점이 무엇인지 적어 봅시다.

> 지는 게 이기는 거다
> 급할수록 돌아가라

3. 이 글을 읽은 학생의 독서 감상문을 완성해 봅시다.

> 오늘 정호승 시인의「모든 벽은 문이다」라는 수필을 읽었다. 글쓴이는 삶에서 마주하는 벽을 _____이 아니라 _____(으)로 바라보아야 한다는 생각을 전하고 있었다. 처음에 나는 '벽이 문이라니, 말이 안 되잖아' 하고 고개를 갸웃했지만, 글을 읽고 나니 나 역시 내 인생의 벽 앞에서 문을 찾아보려는 용기를 내고 싶다는 생각이 들었다.

> 두꺼비가 파리를 잡고 으스대다가 벌어지는 우스꽝스러운 모습을 그린 시조입니다. 이를 통해 작가가 하고 싶은 말이 무엇일지 생각하며 작품을 읽어 봅시다.

두꺼비 파리를 물고

작자 미상

두꺼비 파리를 물고 °두엄 위에 치달아 앉아
　건넛산 바라보니 °백송골이 떠 있거늘 가슴이 끔찍하여
풀떡 뛰어 내닫다가 두엄 아래 자빠지거고
　°모처라 날랜 낼세망정 °에헐질 뻔 하괘라

- 두엄: 풀, 짚 또는 가축의 배설물 따위를 썩힌 거름.
- 백송골: 송골매. 매 종류 가운데 몸이 크며 성질이 굳세고 날쌔어 사냥하는 데 쓰인다.
- 모처라: '마침'의 옛말. 어떤 경우나 기회에 알맞게. 또는 공교롭게.
- 에헐질: 피가 맺혀 멍들.

「두꺼비 파리를 물고」를 감상한 내용을 바탕으로 다음 활동을 해 봅시다.

1. 이 시조를 풀어 정리한 <보기>를 바탕으로, 작가가 우스꽝스럽게 표현한 대상과 그 행동을 찾아봅시다.

   > 보기
   >
   >   두꺼비가 파리 한 마리를 잡고 먹이인 두엄 더미 위에 기세 좋게 뛰어올라 앉아서
   >   건너편 산을 바라보니 흰 송골매 한 마리가 떠 있는 것이 보이므로 가슴이 섬뜩하여 깜짝 놀라 펄쩍 뛰어 달아나려다가 그만 두엄 아래로 나자빠졌구나.
   >   (자빠진 후 하는 말) 마침 몸이 날랜 나였기에 망정이지, 하마터면 다쳐서 멍이 들 뻔하였구나.

   우스꽝스럽게 표현한 대상

   우스꽝스럽게 표현한 행동

2. <보기>를 참고하여 이 시조에 등장하는 동물들이 어떤 사람을 빗댄 것인지, 이 작품을 창작한 의도가 무엇일지 생각해 봅시다.

> **보기**
>
> **[사회] 지방 관리들, 백성 수탈 횡포 극심**
> 없는 땅에 세금 부과·불량 곡식으로 폭리
>
> 조선 후기 지방 관리들의 백성 수탈이 심각한 수준에 이르렀다. 없는 땅에 세금을 부과하고, 모래 섞인 곡식을 빌려주고 몇 배의 양질 곡식을 받아 가는 탐관오리들의 횡포가 잇따르고 있다.
> 이들은 백성들로부터 강탈한 재물로 중앙 관리에게 뇌물을 바치며 자신의 이익만을 챙기고 있어 민심이 크게 악화되고 있다.
> 한 농민은 "일해도 남는 것 하나 없는데, 이렇게 살아 뭐 하나 싶다"며 억울함을 호소했다.
> — 1777년 8월 15일

- 이 작품의 창작 의도: 두꺼비의 모습을 통해 약자를 수탈하고 강자에게 굴복하는 탐관오리의 부조리한 모습을 _____(하)려고 함.

> 조선 후기, 신분 제도가 흔들리던 시기에 양반이라는 신분을 사고파는 과정에서 일어난 이야기를 담은 고전 소설입니다. 풍자의 대상이 누구인지 살피며 글을 읽어 봅시다.

양반전

박지원

　양반이란 선비를 높여 부르는 말인데, 강원도 정선 고을에 한 양반이 살았다. 어질고 글 읽기를 좋아했으므로 군수가 새로 부임하면 반드시 몸소 그의 집에 가서 인사를 했다. 그러나 집이 가난해서 해마다 관청의 환곡을 빌려 먹다 보니 그것이 쌓여서 빚이 일천 섬에 이르렀다. 관찰사가 고을을 돌면서 정사를 살피다가 •환곡 출납을 조사해 보고 크게 노했다.
　"어떤 놈의 양반이 군량미를 이렇게 축냈단 말인가?"
　군수는 양반을 잡아 가두라고 명령을 내렸지만 그 양반이 가난해 갚을 길이 없음을 속으로 안타깝게 여겨 어쩔 수 없이 가두지는 못했다. 양반이 어쩔 줄을 모르고 밤낮으로 훌

• 환곡: 조선 시대에 곡식을 고을 창고에 저장했다가 백성들에게 봄에 꿔 주고 가을에 이자를 붙여 거두던 일. 또는 그 곡식.

쩍훌쩍 울기만 하니 그의 아내가 역정을 냈다.

"당신은 평소에 그렇게도 글을 잘 읽었지만 환곡을 갚는 데에는 아무런 쓸모가 없구려. 쯧쯧, 양반이라니! 한 푼도 못 되는 그놈의 양반!"

마침 그 마을에 사는 부자가 소문을 듣고 식구들과 의논을 했다.

"양반은 아무리 가난해도 늘 높고 귀하며 우리는 아무리 잘살아도 늘 낮고 천하다. 감히 말도 타지 못할 뿐 아니라 양반을 보면 움츠려 숨도 제대로 못 쉬고 뜰아래 엎드려 절해야 하며, 코를 땅에 박고 무릎으로 기어가야 한다. 우리는 이와 같이 욕을 보며 사는 신세다. 지금 저 양반이 환곡을 갚을 길이 없어 어려움을 이만저만 겪는 것이 아닌 모양이다. 아무래도 양반의 신분을 지키기 어려울 듯하니 우리가 그 양반을 사서 가져 보자."

부자가 양반의 집 대문 앞에 나아가 환곡을 갚아 주겠다고 청하니 양반이 반가워하며 그렇게 하라고 했다. 부자는 당장에 양반의 환곡을 관청에 바쳤다. 군수가 크게 놀라 웬일인가 하며 그 양반이 어떻게 해서 환곡을 갚았는지 알아보고 싶어 찾아갔다. 그런데 그 양반이 •벙거지를 쓰고, •잠방이를 입고, 길에 엎드려 '소인', '소인' 하면서 감히 쳐다보지도 못하는 것이 아닌가!

- 벙거지: 궁중 또는 양반가의 하인이 쓰던 모자.
- 잠방이: 남자의 짧은 홑바지.

군수가 깜짝 놀라 내려가 부축해 일으키며 물었다.

"그대는 어째서 이런 짓을 하시오?"

양반이 더욱더 벌벌 떨며 머리를 조아리고 땅에 엎드리며 대답했다.

"황송하옵니다. 소인 놈이 제 몸을 낮추려는 것이 아니라 환곡을 갚느라고 이미 제 양반을 팔았기 때문에 이리하는 것입니다. 이제부터는 우리 마을 부자가 양반입니다. 소인이 어찌 감히 지난날 쓰던 이름을 함부로 쓰면서 스스로 높은 척하오리까?"

군수가 놀라워하며 말했다.

"군자로다, 부자여! 양반이다, 부자여! 부자로서 인색하지 않았으니 옳음이요, 남의 어려움을 돌보았으니 어짊이요, 낮은 것을 싫어하고 높은 것을 바랐으니 슬기로움이다. 이런 사람이야말로 참으로 양반이 아니겠는가! 아무리 그렇기는 하지만 양반을 사사로이 사고팔았을 뿐 아무런 증서도 만들지 않았으니 이는 소송의 빌미가 될 것이다. 그러니 고을 백성들을 모아 증인으로 세우고 증서를 만들어 누구나 믿을 수 있도록 해야겠다. 군수인 나도 당연히 손수 •수결을 할 것이다."

군수는 관아로 돌아와 고을 안의 선비와 농사꾼, •장인바치

• 수결: 자기의 성명이나 직함 아래에 도장 대신에 자필로 글자를 직접 쓰던 일. 또는 그 글자.
• 장인바치: 손으로 무엇을 만드는 사람을 낮춰 이르는 말.

와 장사치 들을 모조리 불러다 뜰 앞에 모았다. 부자는 *향소의 오른쪽에 앉히고, 양반은 *공형의 아래에 세우고, 다음과 같이 증서를 만들었다.

　건륭 10년(영조 21년, 1745) 9월 어느 날, 아래 문서는 양반을 값에 쳐서 팔아 환곡을 갚기 위한 것으로써 그 값은 일천 섬이다.
　도대체 양반은 이름이 여러 가지다. 글만 읽는 양반은 선비라 하고, 벼슬하는 양반은 대부라 하고, 덕이 있는 양반은 군자라 한다. 무관이면 서쪽으로 줄을 서고 문관이면 동쪽으로 줄을 서는 까닭에 이것을 양반이라 한다. 그대는 어느 쪽이든 마음대로 좇을 수가 있다.
　더러운 일을 끊어 버리고, 옛사람을 우러르며, 뜻을 아름답게 지니고, *오경이면 일어나 유황에다 불붙여 기름등잔을 켜고, 눈은 코끝을 내려다보며, 발꿈치를 괴고 앉아, 얼음 위에 박 밀듯이 『동래박의』를 줄줄 외워야 한다. 주림을 참고, 추위를 견디고, 가난 타령을 하지 말며, 어금니를 마주 치고, 머리 뒤를 손가락으로 퉁기며, 침을 입안에 머금고 가볍게 양치질하듯 한 뒤 삼키며, 옷소매로 휘양을 닦아

- 향소: 고을 수령의 자문 기관으로, 여기서는 향청(鄕廳)의 좌수(座首)와 별감(別監)을 이른다.
- 공형: 서리(胥吏) 가운데 가장 으뜸인 호장, 이방, 수형리를 말한다.
- 오경: 새벽 세 시에서 다섯 시 사이.

먼지를 털어 털 무늬를 일으키며, 세수할 적엔 주먹으로 벼르듯이 하지 말고, 냄새 없게 이를 잘 닦고, 길게 빼는 소리로 종을 부르며, 느린 걸음으로 신발을 끌듯이 걸어야 한다. 『고문진보』와 『당시품휘』를 깨알같이 베껴 쓰되 한 줄에 백 자씩 쓴다. 손에 돈을 쥐지 말고, 쌀값도 묻지 말고, 날이 더워도 맨발로 다니지 말고, 맨상투로 밥상 받지 말고, 밥보다 먼저 국을 먹지 말고, 소리 내어 마시지 말고, 젓가락 방아를 찧지 말고, 생파를 먹지 말고, 술 마신 뒤 수염을 빨지 말고, 담배 필 때 턱이 비틀어지도록 빨지 말고, 분이 치밀어도 아내를 치지 말고, 성이 나도 그릇을 차지 말고, 아이들에게 주먹질을 하지 말고, 종을 뒈져라 나무라지 말고, 마소를 꾸짖을 때 그것을 판 주인까지 싸잡아 욕하지 말고, 병이 나도 무당을 부르지 말고, 제사에 중을 불러 재(齋)를 올리지 말고, 화롯불에 손을 쬐지 말고, 말할 때 이를 드러내 침을 튀기지 말고, 소를 잡지 말고, 도박을 하지 말라. 여기 적힌 모든 행실에서 양반에게 어긋난 것이 있으면 증서를 가지고 관청에 와서 바로잡을 것이니라. 고을 주인 정선 군수가 수결하고, 좌수와 별감이 증인으로 서명한다.

 이에 •통인이 여기저기 도장을 찍는데 그 소리가 •엄고를 치는 것 같았으며, 모양은 북두칠성과 삼성이 가로세로 늘

- 통인: 관가에서 잔심부름을 하는 아전.
- 엄고: 임금이 행차할 때 치던 큰북.

어선 것과 같았다. 호장이 증서를 다 읽고 나자 부자가 어처구니가 없어 한참 멍하게 있다가 말했다.

"양반이라는 것이 겨우 이것뿐이란 말입니까? 제가 듣기로 양반은 신선 같다던데 정말 이와 같다면 저는 너무도 엄청나게 속은 셈입니다. 바라건대 좀 더 이익이 될 수 있도록 고쳐 주십시오."

마침내 증서를 이렇게 고쳐 만들었다.

하느님이 백성을 내니, 그 백성은 넷이다. 네 가지 백성 가운데는 선비가 가장 귀하고, 거기서도 양반이라 불리면 이익이 엄청나다. 농사 장사 아니하고, 문사 대강 공부하여, 크게 되면 문과 급제, 작게 되면 진사로세. 문과 급제 홍패라면 두 자 길이 못 넘는데 온갖 물건 구비되니 이게 바로 돈 전대요, 서른에야 진사 되어 첫 벼슬에 발 디뎌도 이름 난 음관 되어 •웅남행으로 섬겨진다. •일산 바람에 귀가 희고 설렁줄에 배 처지며, 방 안에 널린 귀걸이 예쁜 기생 몫이 되고 뜨락에 흘린 곡식 두루미 모이로다. 궁한 선비 시골 살면 나름대로 횡포 부려 이웃 소로 밭을 갈고 일꾼 뺏어 김을 맨들 누가 나를 거역하리. 네놈 코에 잿물 붓고 상투 잡

- 웅남행: 조상 덕으로 거저 얻어 하는 높은 벼슬.
- 일산 ~ 처지며: 벼슬아치는 행차 때에 지금의 양산과 같은 일산을 받쳐 햇볕을 쏘이지 않으므로 귀가 희어지고, 일을 시킬 때 설렁줄을 당기면 사람이 달려오므로 편해서 배에 살이 찐다는 뜻이다.

아 도리질하고 귀밑 나룻 다 뽑아도 감히 원망 못 하니라.

  부자가 증서 내용을 듣고 있다가 혀를 내두르며 말했다.
  "그만두시오! 그만두시오! 참으로 맹랑한 일입니다! 장차 나더러 도적놈이 되라는 말입니까?"
  그러고는 머리를 흔들며 뛰쳐나가서 죽을 때까지 다시는 양반의 일을 입에 담지 않았다.

「양반전」을 감상한 내용을 바탕으로 다음 활동을 해 봅시다.

1. 신분 매매 증서에 나타난 내용을 바탕으로 작가가 비판하고자 한 내용을 파악해 봅시다.

첫 번째 매매 증서	두 번째 매매 증서
손에 돈을 쥐지 말고, 쌀값도 묻지 말고, 날이 더워도 맨발로 다니지 말고, 맨상투로 밥상 받지 말고, 밥보다 먼저 국을 먹지 말고, 소리 내어 마시지 말고, 젓가락 방아를 찧지 말고 생파를 먹지 말고,……	나름대로 횡포 부려 이웃 소로 밭을 갈고 일꾼 뺏어 김을 맨들 누가 나를 거역하리. 네놈 코에 잿물 붓고 상투 잡아 도리질하고 귀밑 나룻 다 뽑아도 감히 원망 못 하니라.

   양반의 허례허식과 ☐☐ 중시 문화 비판

   양반의 부당한 ☐☐과 횡포 비판

2. 다음 인물이 한 말과 그 의도를 바르게 연결해 봅시다.

   양반 아내: "양반은 한 푼어치도 안 되는구려!" •   • 양반의 이중적 도덕성을 풍자하려고

   부자: "장차 나를 도둑놈으로 만들 셈입니까?" •   • 양반의 경제적 무능함을 풍자하려고

3. 다음 만화의 제목을 달아 보고, 이와 같이 오늘날 우리 사회의 모습을 풍자하는 한 컷 만화를 그려 봅시다.

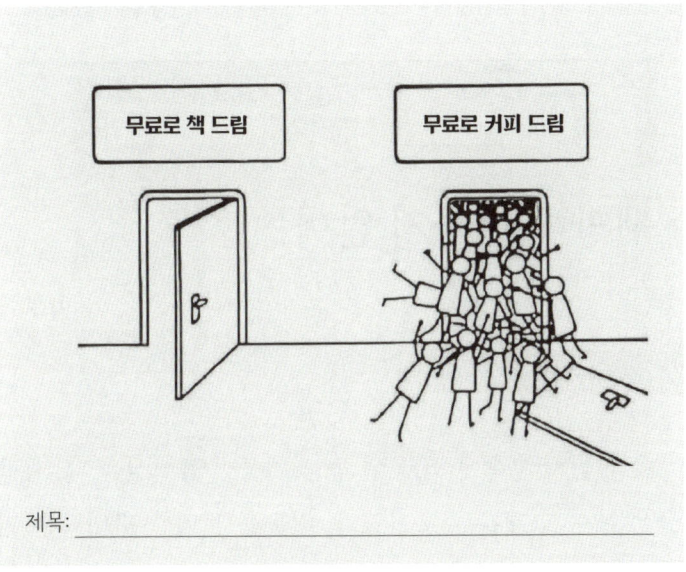

제목:

제목:

> 영생을 꿈꾸는 사람들이 슈퍼 달팽이를 키우며 벌어지는 일을 다룬 소설입니다. 작가가 인물을 어떻게 표현하였는지 주목하며 글을 읽어 봅시다.

웬만해선 죽지 않아!

박루아

마을 근처 숲속에 쇠로 된 둥근 건물이 들어섰을 때, 사람들은 모두 고개를 갸웃거렸다. 건물을 둘러싼 담벼락은 키 큰 나무처럼 높았고 철문은 굳게 잠겨 있었다. 감시 카메라가 쉬지 않고 돌아가는 데다 담벼락 근처에 얼씬거리기만 해도 곧바로 경보기가 울렸다. 담벼락에는 '감전 주의! 3백만 볼트의 전류' 경고 문구가 쓰여 있었다. 이따금 새까만 유리창을 한 검은 자동차 서너 대가 드나들었다.

그곳이 어떤 곳인지 알 길이 없는 마을 사람들은 그저 나라의 중요한 비밀 시설일 거라고 추측했다.

건물 밖은 고요했지만 안은 생명 연장에 대한 본능으로 요란했다. 연구소 사람들은 영생에 대한 꿈으로 바쁘게 움직였고 생명체들은 하루라도 더 살기 위해 치열하게 꿈틀거렸다.

유리로 된 방에는 실험에 사용되는 거북이와 달팽이, 바다대합 같은 조개들이 가득했다. 이들의 특징은 오래 산다는 것과 무척 느리다는 것. 그 때문에 연구소 사람들은 실수로 케이지 문을 잠깐 닫지 않아도 크게 놀라지 않았다. 몇 분 지나지 않아 실험실 어느 구석에서 여전히 열심히 기어가고 있는 생명체들을 볼 수 있기 때문이다.

비바람이 휘몰아치던 어느 밤이었다. 연구소 직원이 케이지 문을 닫는 것을 잊고서 퇴근하는 바람에 연구소가 발칵 뒤집히고 말았다. 하필이면 연구소에서 가장 중요한 슈퍼 달팽이가 사라져 버렸다.

이 달팽이가 처음 실험실에 왔을 때는 어른 주먹 크기였지만 그동안 온갖 약물 투입으로 축구공만큼이나 커졌다. 게다가 껍데기는 중생대에 살았던 암모나이트 화석과 유전자가 같았다. 희귀 생명체라 나이도 알 수 없었다. 중요한 건 오랜 실험 끝에 이 달팽이에서 나온 점액질 성분이 인간의 영생에 대한 꿈을 거의 실현시켜 줄 단계에 이른 순간, 달아난 것이다.

사람들은 연구소를 샅샅이 뒤졌지만 끝내 찾지 못했고 슈퍼 달팽이가 죽었을 거라고 결론 내렸다. 지하는 무쇠로 막혀 있는 데다 3백만 볼트의 전류가 흐르는 담벼락을 살아서 나갈 가능성은 없을 테니까.

그 무렵, 마을에 사는 류이가 슬픔에 잠긴 채 숲속으로 들어왔다. 류이는 하얀 손수건으로 소중하게 감싼 것을 두 손에 들고서 햇빛이 잘 들어오는 나무 아래로 다가가 앉았다.
　류이는 모종삽을 꺼내서 땅을 깊게 판 뒤에 손수건을 펼쳤다. 하얀 손수건 안에는 죽은 햄스터가 누워 있었다. 웃고 있는 것 같은 입매와 눈이 꼭 잠을 자는 것처럼 보였다. 류이는 울먹거리며 말했다.
　"죽은 모습도 이렇게 귀여울 수가!"
　류이는 햄스터에게 마지막 인사를 한 뒤 떨리는 손으로 조심스레 땅에 묻었다. 눈을 감고 기도를 한 다음 자리에서 일어났다. 류이는 햄스터가 묻힌 곳 옆자리를 물끄러미 쳐다보았다. 2년 전에 죽은 햄스터가 묻힌 곳이었다. 햄스터 수명이 고작 2, 3년밖에 되지 않는다는 걸 알면서도 두 번째 햄스터를 키웠다. 하지만 아끼던 햄스터의 죽음은 여전히 감당하기 힘들었다.
　"이제 다시는 동물은 키우지 않을 거야."
　류이는 맹세하듯이 큰 소리로 외쳤다. 그러고는 뒤도 돌아보지 않고 마을 쪽으로 쏜살같이 달려갔다. 하지만 뛰어간 지 채 1분도 되지 않아 다시 되돌아왔다.
　"아! 깜박하고 놓고 갈 뻔했네."
　류이는 바닥에 있는 모종삽을 집어 들었다. 그때 갑자기 땅바닥이 꿈틀꿈틀 움직이기 시작하더니 흙더미와 함께 뭔가가 위로 툭 튀어나왔다. 눈앞에 축구공만 한 달팽이가 보였다. 잘못 봤나 싶어 눈을 비비고 다시 쳐다봤다. 틀림없는 달팽이였다.

"우아! 엄청나게 큰 달팽이잖아."

류이는 뒤도 돌아보지 않고 뛰어갔다. 숲을 거의 벗어날 때쯤 걸음을 멈추었다. 그러다가 머리를 긁적이며 웃었다.

"바보같이 왜 뛰었지? 그래 봤자 달팽인데."

류이는 마음을 놓고서 천천히 걷기 시작했다. 그때 류이 옆으로 커다란 돌멩이가 데굴데굴 굴러오더니 눈앞에서 멈추었다. 푸르스름한 빛깔의 껍데기에서 분홍색 머리가 불쑥 튀어나왔다. 달팽이는 양쪽 더듬이를 사방으로 죽죽 뻗으며 류이 앞으로 다가왔다.

류이는 소리를 지르며 단숨에 집까지 달려갔다. 문을 벌컥 열고서는 엄마 아빠를 향해 숨을 헐떡거리며 말했다.

"숲속에서 어마어마하게 큰 달팽이를 봤어요. 진짜 축구공만 해요."

소파에 앉아 커피를 마시던 아빠는 별거 아니라는 듯이 말했다.

"그래, 세상에는 커다란 달팽이도 있겠지. 그래 봤자 야구공 정도일걸."

류이는 답답하다는 듯이 두 팔을 활짝 벌리며 말했다.

"그게 아니라 진짜 이만하다니까요."

그러자 엄마가 걱정스러운 얼굴로 말했다.

"혹시 거기 핵폐기물 같은 걸 처리하는 곳은 아닐까요? 방사능 같은 게 유출돼서 동물들에게 영향을 미쳤을지도."

아빠가 손사래를 쳤다.

"어허, 이렇게 가까이 마을 사람들이 사는데 그런 위험한 일을 할 리가 있겠어? 내 생각엔 거긴 중요한 군사 시설이 있는 것 같아. 외부에 알려져서는 안 되는 뭔가. 사실 내가 예전에 군에 있을 때 말인데…….."

이미 스무 번도 넘게 들은 이야기를 아빠가 시작하려 하자 류이는 한숨을 내쉬며 밖으로 나왔다.

문을 열자 앞뜰에서 커다란 달팽이가 상추를 뜯어 먹고 있었다.

"엄마, 아빠! 여기 와 보세요."

밖으로 나온 류이 엄마와 아빠는 눈이 휘둥그레졌다. 달팽이는 가족들의 시선에는 아랑곳없이 상추를 먹고는 땅속으로 슬금슬금 들어가 버렸다.

엄마와 아빠는 처음에는 달팽이 크기에 놀랐지만 나중에는 걱정이 되었다. 이 커다란 달팽이가 앞뜰에 심어 놓은 상추와 배추를 모조리 먹어 치우면 어쩌나 해서였다.

달팽이는 채소보다는 먹다 남은 과일 껍질과 음식물 찌꺼기를 아주 좋아했다. 덕분에 류이네 집은 음식물 쓰레기를 치우는 일을 걱정하지 않아도 되었다.

류이가 과일 껍질을 들고 밖으로 나가면 달팽이는 어느새 땅속에서 나와서 다가왔다. 류이는 음식물들을 내려놓으며 말했다.

"미안하지만 난 동물은 키우지 않을 거야. 언제든 네가 가고 싶을 때 떠나."

류이는 말은 그렇게 하면서도 달팽이가 그대로 있는지 슬며시 찾아보곤 했다. 보이지 않으면 이젠 정말 갔나 보다 생각했다. 하지만 그럴 때마다 나무 위에서 머리를 쑥 내밀거나 벽을 타고 나름 열심히 내려오는 중이었다.

그러던 어느 날이었다. 거실에서 텔레비전을 보던 엄마가 류이에게 들어오라고 손짓했다. 텔레비전에는 130살 외국 할머니가 인터뷰를 하고 있었다. 할머니는 70살도 안 돼 보일 만큼 튼튼하고 건강했다. 기자가 장수의 비결을 물으니 이렇게 말했다.

"옛날 아주 오래전, 그러니까 수십 년 전이지 아마. 바위 틈에서 신기한 달팽이를 하나 발견했지 뭐야. 크기는 주먹만 하고 살이 토실토실 오른 게 하도 맛나 보여서 삶아 먹었지. 글쎄 그 뒤부터 몸이 점점 가뿐해지더니 병치레 하나 없이 지금까지 살게 되었어. 그게 그렇게 신통한 줄 알았으면 우리 가족들이랑 다 같이 나눠 먹는 건데……."

할머니는 먼저 세상을 떠난 자식과 손주들이 그립다며 눈물을 글썽거렸다. 자식과 손주들이 먹을 달팽이가 또 있나 뒤졌지만 찾지 못했다고 했다. 텔레비전을 본 엄마가 고개를 갸웃하며 말했다.

"혹시 우리 집에 있는 저 달팽이와 같은 종류가 아닐까?"

"그럴 리가요. 할머니는 주먹만 하다고 했는데 우리 집에 있는 건 축구공만 하잖아요."

"그래도 그렇게 큰 달팽이가 흔한 건 아니지."

엄마는 달팽이를 찾으러 밖으로 나갔다. 류이는 설마 엄마가 달팽이를 잡으려는 것은 아닐까 걱정되어 따라 나갔다. 그런데 조금 전까지 음식을 먹던 달팽이가 보이지 않았다. 엄마가 달팽이를 찾아서 집 안 구석구석을 살피기 시작했다.

"이럴 줄 알았으면 우리 같은 데 넣어 둘걸."

류이는 고개를 절레절레 저으며 큰 소리로 말했다.

"그래도 잡아먹는 건 안 돼요."

참으로 이상한 일이었다. 달팽이가 텔레비전을 본 것도 아닐 텐데 그날 이후로 나타나지 않았다. 혹시나 해서 달팽이를 처음 만났던 숲까지 찾으러 갔다. 하지만 그 어디에도 보이지 않았다.

"그래, 집으로 갔을 거야. 사람들 눈에 띄지 않는 곳으로."

류이는 서운한 마음이 들었다. 한편으로는 다행이라고 생각하면서도 자신이 한 말 때문이 아닐까 후회가 되기도 했다.

며칠 뒤, 일을 마치고 돌아온 아빠가 고개를 갸웃하며 말했다.

"지난번에 우리 집에 있던 커다란 달팽이 말이야. 글쎄 장어 영감님 집에 있더라고."

"네?"

"자기 집 뒷마당에서 잡았다고 하면서 입이 싱글벙글 귀에 걸려 있던데."

엄마가 황당하다는 듯이 소리쳤다.

"아니, 달팽이가 왜 거기로 갔대요? 그거 우리 달팽이잖아."

"우리가 키우던 달팽이라고 했더니 주인이라는 증거 있냐고 큰소리치던 걸. 우리에 가둬 둔 것도 아니고 우리가 키우는 걸 본 사람이 있는 것도 아니고 도리가 있어야지."

류이는 떨리는 목소리로 물었다.

"그럼 달팽이는 어떻게 되는 거예요?"

장어 영감은 동네에서 소문난 땅 부자인데, 몸에 좋다는 건 뭐든 다 먹고 특히 장어를 많이 먹어서 사람들이 장어 영감이라고 불렀다.

"영감님도 얼마 전 텔레비전에서 130살 된 할머니를 봤나 봐. 달팽이가 축구공만 하니 잡아먹으면 200살은 거뜬히 살지 않을까 하고."

"안 돼요!"

류이는 깜짝 놀라 소리쳤다.

"오늘 밤 가족들과 친척들만 불러서 달팽이를 삶아 먹을 거래. 우리한테는 눈치가 보이는지 같이 먹자며 오라 하네."

엄마가 류이를 쳐다보며 난처한 표정을 지었다.

"그게…… 우리가 먹으려고 한 건 아니잖아요."

류이는 그만 고개를 푹 떨구었다. 아빠가 한 손으로 턱을 괴며 말했다.

"그렇다고 자기들끼리만 오래 살겠다고 먹게 놔두는 건 좀 그렇지? 가기도 그렇고 안 가기도 좀……."

엄마가 류이 눈치를 보다가 고개를 저으며 말했다.

"류이 넌 그냥 집에 있는 게 좋겠다."

"당신은 갈 생각이야?"

"밑져야 본전 아니겠어요? 정말로 영감님 말처럼 200살까지 살지도 모르잖아요."

류이는 울음이 터질 것 같은 목소리로 말했다.

"엄마는 혼자서 200살까지 살고 싶어요? 그 할머니는 엄청 슬퍼 보이던데."

엄마가 어이없다는 듯이 말했다.

"아니, 그런 뜻이 아니라 나는 네가 힘들까 봐서."

"알았어요. 저는 절대 안 먹을 거지만 그래도 달팽이한테 마지막 인사는 하러 가고 싶어요."

엄마와 아빠는 류이를 데리고, 장어 영감님 집으로 향했다. 개울을 건너 넓은 들판을 지나자 동화책에서 본 것 같은 아름다운 집이 나타났다. 고대 문양에 금색 칠을 하고 끝이 쇠창살처럼 뾰족 솟은 대문과 높은 담 아래로 장미 넝쿨이 휘청거릴 듯이 내려와 있었다. 정원이 있는 마당 한가운데에 커다란 가마솥이 걸려 있었다. 장작불이 활활 타고 있는 가마솥에서는 하얀 연기가 솟아올랐다.

류이는 초조하고 불안한 얼굴로 가마솥을 쳐다보았다. 4층 높이 큰 집에서 하얀 앞치마를 두른 뚱뚱한 남자가 나왔다. 장어 영감님 집 요리사였다. 요리사는 엉덩이를 실룩거리며 류이 가족에게 자리를 안내했다.

집 안엔 이미 가족, 친척들이 모여 있는지 큰 웃음소리가 새어 나왔다. 손님이 왔는데도 주인이 나오지 않으니 왠지 초대받지 못한 자리에 온 것 같았다.

엄마가 요리사에게 물었다.

"설마 달팽이를 벌써 삶은 건 아니겠죠?"

그러자 요리사가 씩 웃으며 말했다.

"아! 저희 사장님은 탕보다는 수육을 좋아하십니다. 그래서 물을 끓이고 있지요."

류이는 한숨을 내쉬었다.

"달팽이 한 번만 보면 안 될까요? 살아 있는 달팽이가 보고 싶어요."

요리사는 입을 꾹 다물고 고개를 저었다. 그러자 엄마와 아빠가 옆에서 거들었다.

"우리 애가 동물을 좋아해서요. 한 번만 보게 해 주세요."

류이가 애원하는 눈길로 쳐다보자 요리사는 난처한 듯이 중얼거렸다.

"원래는 안 되는데."

요리사는 떨떠름한 표정으로 류이를 창고로 데려갔다. 창고 벽에는 너구리, 토끼 같은 동물의 털과 가죽이 걸려 있고, 안에는 곡식과 식재료 상자가 쌓여 있었다. 장어가 한가득 헤엄치는 수족관 옆으로 투명한 상자 속에 달팽이가 앉아 있었다.

류이는 다가가서 상자를 톡톡 두드렸다. 껍데기 속에 숨어 있던 달팽이가 머리를 슬며시 내밀었다. 마침 그때 요리사 앞치마 주머니에서 휴대폰이 울렸다. 류이는 달팽이를 한번 만져 보려는 것처럼 뚜껑을 열고 손을 넣었다. 류이는 처음 달팽이를 만났을 때 굴러서 집까지 따라왔던 일이 생각이 났다.

요리사가 통화하는 사이 류이는 슬금슬금 뒤로 가서 상자를 확 넘어뜨렸다. 얇게 깔려 있는 흙더미가 쏟아지며 상자 밖으로 달팽이가 나왔다. 달팽이는 화들짝 놀라서 껍데기 속에 몸을 집어넣었다.

류이는 달팽이를 볼링공 던지듯이 창고 밖으로 힘차게 밀었다. 달팽이는 데굴데굴 굴러갔다. 달팽이가 멈추면 다시 굴리기 위해 류이는 전속력을 다해 쫓아갔다. 깜짝 놀란 요리사는 휴대폰을 집어 던지고서는 고래고래 소리를 질렀다.

"도둑이야! 달팽이 도둑 잡아라!"

갑자기 어디선가 컹컹컹 개 짖는 소리가 요란하게 들렸다. 금방이라도 물어뜯을 듯이 개들이 엄청난 속도로 류이를 바짝 쫓아왔다. 류이는 다리를 헛디뎌 넘어졌다. 무서워서 눈을 뜰 수도 없었다. 정신을 차려 보니 시커먼 개들이 어느새 달팽이를 에워싸고 있었다.

마당에는 장어 영감 가족들과 친척들이 나와서 술렁거렸다. 화려한 옷에 보석 장신구와 모피를 두른 사람들이 싸늘한 눈빛으로 류이 가족을 쳐다보았다. 누런 흰자위에 핏발이 선 장어 영감이 류이를 노려보며 말했다.

"도대체 이게 어떻게 된 일입니까?"

아빠와 엄마는 당황해서 어쩔 줄 몰랐다. 아빠가 뒤통수를 긁적이며 말했다.

"죄송합니다. 우리 아이가 실수를 한 것 같습니다."

"실수라고요? 이렇게 된 이상 함께 식사를 할 수는 없을 것 같군요. 지금 당장 돌아가 주시오."

류이가 소리쳤다.

"안 돼요! 달팽이는 우리 거라고요. 당장 돌려주세요."

장어 영감은 기가 막힌다는 듯이 허! 웃었다.

아빠는 짧게 한숨을 내쉬고 류이 손을 잡았다. 하지만 류이는 아빠 손을 뿌리치며 소리쳤다.

"싫어요. 제 달팽이란 말이에요. 숲에서부터 절 따라왔단 말이에요."

그러자 장어 영감이 요리사에게 소리쳤다.

"뭐 해? 얼른 달팽이 삶지 않고."

요리사는 일 초의 망설임도 없이 달팽이를 가마솥에 풍덩 빠뜨리고 말았다.

순식간에 일어난 일이라 류이는 그만 털썩 주저앉고 말았다. 엄마는 깜짝 놀라서 손으로 눈을 가렸다. 류이는 큰 소리로 엉엉 울기 시작했다. 아빠가 화가 나서 장어 영감에게 소리쳤다.

"애 앞에서 너무하는 거 아닙니까?"

"그러니까 빨리 가라고 했잖소."

아빠는 더는 장어 영감을 상대하고 싶지 않았다. 울고 있는 류이를 일으켜 세웠다. 돌아서는 류이네 가족에는 아랑곳없이 장어 영감이 요리사에게 소리쳤다.

"지금쯤이면 익었을 테니 꺼내 봐."

류이는 엄마와 아빠 손에 이끌려 힘없이 걷기 시작했다. 그 순간 뒤에서 요리사의 당황스러운 목소리가 들렸다.

"달팽이가 이상해요. 아직도 껍데기 속에서 안 나왔어요."

류이네 가족은 멈춰서서 이를 지켜보았다. 장어 영감 아들이 달팽이를 다시 가마솥에 넣고서는 아궁이에 장작을 넣었다. 힘차게 부채질을 하자 시뻘건 불꽃이 가마솥까지 녹일 듯이 활활 타올랐다.

이쯤이면 되겠구나 싶어 달팽이를 꺼냈다. 하지만 달팽이는 여전히 껍데기 속에 있었다. 다들 고개를 갸웃하며 서로의 얼굴만 쳐다보았다. 장어 영감은 슬슬 짜증이 났다.

"에잇! 그냥 확 깨 버려."

이번에는 덩치가 크고 우람한 팔뚝을 가진 둘째 사위가 큰 망치를 들고 나왔다. 큰 기합 소리와 함께, 있는 힘껏 달팽이를 내려쳤다. 하지만 달팽이는 꿈쩍도 하지 않았다. 두 번 세 번 연달아 내리쳤지만 여전히 그대로였다. 둘째 사위가 진땀을 흘리기 시작했다. 장어 영감 가족들과 친척들이 놀라서 수군거렸다.

"그렇게 힘이 약해서야 어디 쓰겠나?"

첫째 사위가 의기양양하게 커다란 도끼를 들고 와서 내려쳤다. 하지만 땅 하는 소리만 요란할 뿐 달팽이는 끄떡도 하지 않았다. 갑자기 첫째 사위가 헉! 신음 소리를 내며 바닥에 주저앉았다.

"으…… 허리가 삐끗한 것 같아."

장어 영감은 초조해졌다.

"뭐라도 가져와서 깨 봐. 뭐라도 좋으니까."

요리사가 커다란 압착기를 가져왔다. 류이네 가족은 밖으로 나가지 않고 정원에서 이를 지켜보았다. 요리사는 달팽이를 압착기에 넣고 스위치를 켰다. 지이잉 소리를 내며 쇠로 된 넓적한 판이 천천히 달팽이를 누르기 시작했다.

그렁 그렁 그르르릉 덜덜덜~~.

압착기가 흔들거리며 소리가 점점 커졌다. 달팽이는 바위처럼 꿈쩍도 하지 않았다. 마침내 압착기는 펑 소리와 함께 산산조각이 났다. 나사와 부품들이 튕겨 나와 곳곳에서 아이쿠! 아얏! 하는 비명 소리가 터졌다. 사람들이 다친 머리와 팔을 붙잡으며 신음 소리를 냈다.

장어 영감이 씩씩거리며 내려와 달팽이를 발로 마구 찼다. 하지만 제 발만 아파 발을 움켜쥐며 악다구니를 썼다.

"뭐 이런 게 다 있어? 그나저나 이거 죽은 거 확실한 거야?"

보다 못한 장어 영감 부인이 말했다.

"아이고, 영감! 그만하세요. 이러다 자식들 잡겠어요."

장어 영감 부인은 다친 사람들을 모두 데리고 집 안으로 들어갔다.

마당에는 요리사와 장어 영감만 남았다. 머리끝까지 화가 난 장어 영감은 달팽이를 아궁이에 휙 던졌다. 지지지직 타는 소리와 함께 구수한 냄새가 피어올랐다. 아궁이에서 꺼낸 달팽이는 새카맣게 변해 있었다. 장어 영감은 달팽이를 자세히 보려고 얼굴을 들이댔다. 갑자기 껍데기 속에서 달팽이가 쑥 나오더니 장어 영감 얼굴에 착 들러붙었다.

"앗! 뜨거!"

장어 영감은 벌떡 일어났다. 달팽이는 바닥에 툭 떨어져 어디론가 굴러갔다. 장어 영감은 두 손으로 얼굴을 감싸며 팔딱팔딱 뛰었다. 급한 마음에 요리사가 찬물을 장어 영감에게 들이부었다. 장어 영감은 눈을 빼끔 뜨고서는 으으으 미친 듯이 소리를 지르기 시작했다. 요리사는 빨갛게 익은 장어 영감을 업고서 허둥지둥 집 안으로 들어갔다.

한바탕 소란이 일고 난 뒤 마당은 조용했다.

류이는 달팽이를 찾으러 갔다. 수풀 사이에 새카맣게 탄 달팽이가 보였다. 류이는 달팽이를 슬며시 만져 보았다. 아직도 따끈했다. 류이가 소매로 그을음을 닦아 내자 푸르스름한 껍데기가 드러났다. 껍데기 속에서 분홍색 머리가 스윽 나왔다.

'나는 웬만해선 죽지 않아.'

달팽이는 이렇게 말하는 것 같았다. 류이는 그제야 환하게 웃었다. 엄마 아빠도 가까이 다가와서 고개를 갸웃거렸다.

"그거 참 신기한 일이네. 어떻게 이럴 수가 있지?"

류이가 달팽이를 향해 씩 웃으며 말했다.

"난 동물은 키우진 않아. 하지만 네가 있고 싶을 땐 언제까지 우리와 함께 있어도 좋아."

엄마가 조금 걱정스러운 듯이 말했다.

"설마 이거 가져갔다고 뭐라고 하진 않겠죠?"

"그렇게 당하고서? 나 같으면 두 번 다시 안 보고 싶을 것 같은데."

류이네 가족은 조금 전에 봤던 광경이 생각나서 한바탕 크게 웃었다.

집으로 돌아온 뒤 류이는 달팽이에게 '달이'라는 이름을 지어 주었다. 달이를 다른 사람들이 훔쳐 가지 않도록 함께 가족사진도 찍었다.

달이는 아주 오랫동안 류이네 집에서 살았다. 가끔은 집을 나가 며칠 만에 돌아왔다. 류이는 달이가 정말로 떠나게 될 날이 올 거라고 생각했다. 하지만 너무 슬퍼하지 않겠다고 다짐했다. 살아 있으면 언젠가는 다시 만날 테니까.

류이는 데굴데굴 구르며 어딘가를 향해 힘차게 기어가는 달팽이를 떠올리며 빙긋이 웃었다.

「웬만해선 죽지 않아!」를 감상한 내용을 바탕으로 다음 활동을 해 봅시다.

1. 이 소설에서 일어난 사건을 시간 순서대로 배열해 봅시다.

   (가) TV 뉴스에서 130살 할머니가 장수의 비결로 달팽이를 소개하며 사람들의 관심을 끌었다.
   (나) 영생의 꿈을 이루기 위하여 연구소에서 키우던 달팽이가 달아났다.
   (다) 류이는 달이와 함께 가족사진을 찍고 오랫동안 함께 살았다.
   (라) 슈퍼 달팽이가 끓는 냄비 속에서도 웬만해선 죽지 않았다.
   (마) 장어 영감은 요리사에게 달팽이를 삶으라며 재촉했다.

   (　　) ▶ (　　) ▶ (　　) ▶ (　　) ▶ (　　)

2. <보기>의 단어를 활용하여 슈퍼 달팽이를 대하는 인물들의 태도가 어떠한지 정리해 봅시다.

   | 관용적　　생명 경시　　공존의식　　이기적 |

   [류이의 말과 행동]
   • 요리사가 통화하는 사이 류이는 슬금슬금 뒤로 가서 상자를 확 넘어뜨렸다.
   • "난 동물은 키우진 않아. 하지만 네가 있고 싶을 땐 언제까지 우리와 함께 있어도 좋아."
   • 달이를 다른 사람들이 훔쳐 가지 않도록 함께 가족사진도 찍었다.

   ▶ 인물의 태도: _____

[장어 영감과 그의 가족의 말과 행동]
- 장어 영감이 요리사에게 소리쳤다. "뭐 해? 얼른 달팽이 삶지 않고."
- 장어 영감 아들이 달팽이를 다시 가마솥에 넣고서는 아궁이에 장작을 넣었다.
- 장어 영감은 슬슬 짜증이 났다. "에잇! 그냥 확 깨 버려."

▶ 인물의 태도: _____

3. 다음 글을 바탕으로 이 소설에서 인물을 풍자한 부분을 찾아봅시다.

풍자는 인물의 부정적인 면이나 사회의 부조리 등을 과장, 왜곡, 비꼬기 등의 방식으로 <u>우스꽝스럽게 표현함으로써</u> 그 문제점을 에둘러서 비판하는 표현 방식입니다. 풍자는 웃음을 유발하여 작품을 읽는 재미를 느끼게 하는 동시에, 그 웃음을 통해 비판의 대상을 비판적으로 바라보게 하고 <u>스스로 성찰하게 만드는</u> 효과가 있습니다.

둘째 사위	덩치가 크고 우람한 팔뚝을 가진 둘째 사위가 큰 망치를 들고 나왔다. 큰 기합 소리와 함께, 있는 힘껏 달팽이를 내리쳤다. 하지만 달팽이는 꿈쩍도 하지 않았다.
첫째 사위	
장어 영감	• •

나가며

　지금까지 우리는 여러 문학 작품을 감상하며 개성적인 표현 방법을 살펴보았습니다.
　「괜찮은 척」에서는 '괜찮아요' 반복해서 말하면서도 실제로는 "사실은 안 괜찮은데"라고 고백하는 반어법을 사용함으로써 화자의 진짜 속마음을 더 강렬하게 드러냈습니다. 「먼 후일」에서도 '잊었노라'고 반복하면서도 "오늘도 어제도 아니 잊고"라는 구절로 실제로는 전혀 잊을 수 없다는 마음을 반어적으로 표현했습니다. 여러분도 이렇게 속마음을 반대로 드러낸 적이 있었다면 이 시들이 더 잘 와닿았을 거예요.
　「별」에서는 어두울수록 밝게 보이는 별의 특성에서 슬픔과 어둠 속에서 오히려 희망과 꿈을 찾을 수 있다는 역설적인 이야기를 건넸습니다. 「낙타」에서는 무거운 혹이 오히려 사막에서 힘든 상황을 견뎌 낼 수 있게 도와준다는 내용으로 삶의 진리를 깨닫게 합니다. 「모든 벽은 문이다」에서는 막혀 있는 것처럼 보이는 벽 속에 사실은 열고 나갈 수 있는 문이 있다는 메시지를 전했습니다. 읽으면서 자기 마음의 벽에 있는 문을 생각해 보았나요?

또한 「두꺼비 파리를 물고」에서는 두꺼비가 파리를 잡고 으스대다가 백송골을 보고 놀라 떨어지는 우스꽝스러운 모습을 통해 탐관오리들의 부조리한 행태를 풍자했고, 「양반전」에서는 양반이라는 신분을 사고파는 과정을 통해 양반 계층의 허례허식과 부당한 특권을 날카롭게 비판했습니다. 「웬만해선 죽지 않아!」에서는 몸에 좋다고 생각하여 슈퍼 달팽이를 잡아먹으려는 장어 영감과 그의 가족들이 호되게 당하는 모습을 우스꽝스럽게 표현했습니다.

어땠나요? 단순하게 직접적으로 표현하는 것보다 이렇게 반어, 역설, 풍자 같은 개성적인 표현 방법을 사용하니 작가의 의도와 감정이 더 깊이 있게 전달되고 독자에게 강한 인상을 남기지 않았나요?

앞으로 여러분이 글을 쓰거나 말할 때도 때로는 이런 개성적인 표현을 활용해 보세요. 속마음을 반대로 말해 보거나, 모순된 것 같지만 깊은 진실을 담은 표현을 써 보거나, 웃음으로 현실을 꼬집어 보는 것도 좋겠어요. 평범한 말도 훨씬 더 매력적이고 기억에 남는 표현으로 바꿀 수 있을 거예요. 여러분만의 개성 있는 표현으로 많은 사람들의 마음을 움직일 수 있다니, 생각만 해도 멋지지 않나요?

3부

작품을 둘러싼 맥락
사회·문화적 상황

들어가며

　여러분은 사극 드라마를 본 적이 있나요? 사극 드라마 속 인물들은 대체로 기와집에 살고, 한복을 입고, 말을 타고 다니며, 신분에 따라 말투와 행동도 달라지죠. 그런데 만약 그 인물들이 오늘날처럼 아파트에 살고, 휴대 전화로 연락하며, 편의점에서 컵라면을 먹는다면 어떨까요? 왠지 어색하게 느껴질 거예요.

　이처럼 사람들은 각 시대만의 생활 방식, 가치관, 문화에 따라 살아갑니다. 우리는 이것을 '사회·문화적 상황'이라고 해요. 사람들이 입는 옷, 사용하는 말투, 사회에서 중요하게 여기는 가치나 규칙, 그 시대의 정치 제도나 경제 상태까지 모두 사회·문화적 상황에 포함되죠.

　문학 작품 속 인물들도 이러한 사회와 문화를 배경으로 살아가요. 그래서 작품에 반영된 사회·문화적 상황을 이해하면, 인물이 왜 그런 생각을 하고 어떤 행동을 하는지 더 깊이 알 수 있어요. 예를 들어, 조선 시대 작품에서 양반 자제가 과거 시험 준비에 매달리는 모습을 보면서, 그 시대의 신분 제도와 교육관을 이해할 수 있죠. 또한 단순한 이야기

너머에 담긴 고민과 갈등, 가치관까지도 느낄 수 있어요.

그렇다면 작품에 반영된 사회·문화적 상황은 어떻게 파악할 수 있을까요? 작품의 배경이 된 시대나 창작 시기를 확인하고, 등장하는 주요 소재들이 쓰였던 시대를 살펴보세요. 또한 시대 상황이 드러나는 구절을 찾아보고, 인물의 말과 행동, 인물 관계나 사건을 통해서도 그 시대의 모습을 읽어 낼 수 있어요.

이제 이런 방법으로 문학 작품에 담긴 사회·문화적 상황을 살펴보며 작품을 감상해 볼 거예요. 이제 그들의 시대 속으로 한 걸음 들어가 볼까요? 그 이야기를 통해 우리 자신의 모습도 새롭게 발견하게 될 거예요.

● 3부 작품 한눈에 보기

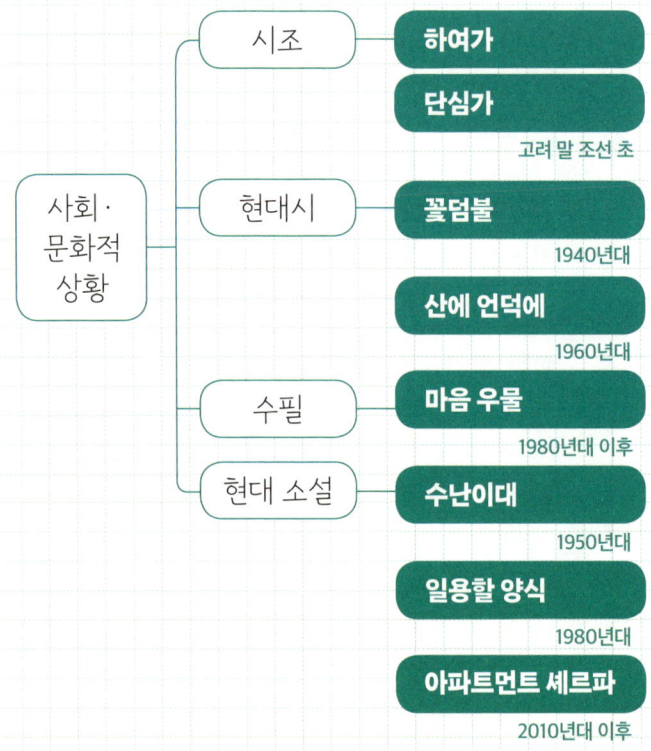

> 고려 말, 조선 건국기의 왕조 교체라는 사회·문화적 상황에서 지어진 시조 두 편입니다. 두 사람의 가치관 차이를 확인하며 작품을 읽어 봅시다.

하여가

이방원

이런들 엇더ᄒ며 저런들 엇더ᄒ리
만수산 드렁츩이 얼거진들 긔 엇더ᄒ리
우리도 이긋치 얼거져 백 년까지 누리리라

단심가

정몽주

이몸이 주거주거 일백 번 고쳐 주거
백골이 진토 되여 넉시라도 잇고 업고
님 향ᄒᆫ 일편단심이야 가실 줄이 이시랴

「하여가」와 「단심가」를 감상한 내용을 바탕으로 다음 활동을 해 봅시다.

1. <보기>는 두 작품이 창작된 당시의 사회·문화적 상황에 관한 글입니다. <보기>를 읽고 인물에 대해 파악해 봅시다.

   > **보기**
   >
   > 고려 말, 권문세족의 횡포와 정치의 혼란으로 민생이 어려워지자 새 왕조를 세우려는 개혁 세력과 고려를 지키려는 충신 세력이 대립하게 되었습니다. 이방원은 조선 건국을 추진하며 정몽주에게 「하여가」를 지어 보내며 뜻을 함께하자고 했지만, 정몽주는 「단심가」로 단호히 거절하며 끝까지 고려에 충성했습니다.
   > 결국 정몽주는 이방원 측에 의해 선죽교에서 피살되었습니다. 이처럼 두 시조는 왕조 교체기의 정치적 갈등과 가치관의 충돌을 상징적으로 보여 줍니다.

   • 다음 두 인물이 지닌 태도를 바르게 연결해 봅시다.

이방원	•	•	죽음을 불사하고 절의를 지키려는 태도
정몽주	•	•	새 시대를 위한 현실적 선택을 제안하는 태도

   • <보기>의 상황에서 여러분이라면 어떤 선택을 할지 ✓ 표시를 하고 그 이유를 적어 봅시다.

   ☐ 이방원의 선택   ☐ 정몽주의 선택

   그 이유: _____

2. 오늘날 가치관이 충돌하는 다음 상황에서 여러분의 입장은 어떠한지 제시된 형식에 따라 적어 봅시다.

> 케이 팝(K-POP)이 세계적으로 인기를 얻으면서 한국 문화도 국제적 기준에 맞춰 변화하고 있습니다. 한복도 현대적으로 개량되고, 한식도 외국인 입맛에 맞춰 조리법이 바뀌고 있습니다.
>
> A. 세계화 적응 – 세계 무대에서 경쟁하기 위해 국제적 기준에 맞춰 우리 문화를 현대적으로 변화시켜야 한다.
> B. 전통 고수 – 우리 고유의 문화적 정체성을 지키기 위해 전통 방식을 유지해야 한다.

나의 선택은 ☐ A ☐ B이다. 왜냐하면 _____
_____ 때문이다.
따라서 _____ 것이 바람직하다고 생각한다.

> 1945년 광복 직후에 쓰인 시입니다. 시에 반영된 사회·문화적 상황을 오늘날과 연결하여 시를 감상해 봅시다.

꽃덤불

신석정

태양을 의논하는 거룩한 이야기는
항상 태양을 등진 곳에서만 비롯하였다.

달빛이 흡사 비 오듯 쏟아지는 밤에도
우리는 헐어진 성터를 헤매이면서
언제 참으로 그 언제 우리 하늘에
오롯한 태양을 모시겠느냐고
가슴을 쥐어뜯으며 이야기하며 이야기하며
가슴을 쥐어뜯지 않았느냐?

그러는 동안에 영영 잃어버린 벗도 있다.
그러는 동안에 멀리 떠나 버린 벗도 있다.
그러는 동안에 몸을 팔아 버린 벗도 있다.

그러는 동안에 맘을 팔아 버린 벗도 있다.
그러는 동안에 드디어 서른여섯 해가 지나갔다.

다시 우러러보는 이 하늘에
겨울밤 달이 아직도 차거니
오는 봄엔 분수처럼 쏟아지는 태양을 안고
그 어느 언덕 꽃덤불에 아늑히 안겨 보리라.

「꽃덤불」을 감상한 내용을 바탕으로 다음 활동을 해 봅시다.

1. 다음 <보기>를 참고하여 이 시를 이해해 봅시다.

> **보기**
>
> 　1945년 8월 15일은 36년간 일본의 지배를 받던 우리나라가 드디어 해방된 날입니다. 사람들은 거리로 뛰어나와 "대한 독립 만세!"를 외치며 기뻐했습니다.
> 　하지만 기쁨도 잠시, 현실은 단순하지 않았습니다. 북쪽에 소련군, 남쪽에는 미군이 들어와 우리나라를 남과 북으로 나누어 통치하게 되었습니다. 해방되었다고 생각했는데 다시 외국군의 지배를 받고, 하나였던 우리나라가 둘로 갈라지게 된 것입니다.
> 　더 큰 문제는 좌익과 우익으로 나뉘어 대립하기 시작했다는 점입니다. 좌익은 소련식 공산주의를 따르자는 사람들, 우익은 미국식 자본주의를 따르자는 사람들이었습니다. 어떤 이념을 따르느냐에 따라 친구도, 가족도 갈라지는 비극이 벌어졌습니다. 진정한 광복은 아직 오지 않은 상황이었습니다.

• 다음 시어와 그 상징적 의미를 바르게 연결해 봅시다.

시어	상징적 의미
태양	일제 강점기의 긴 세월
헐어진 성터	아름다운 미래, 희망찬 조국
서른여섯 해	광복, 이상향, 화합된 조국
꽃덤불	잃어버린 조국, 현실의 절망

- 이 시가 1946년경에 발표되었다는 점을 고려하여, 작가가 이 작품을 쓰게 된 배경을 적어 봅시다.

    1945년 광복 이후 _____ 상황에서 시인은 _____ _____ _____ 마음으로 이 작품을 창작했을 것이다.

2. 이 시가 현재 우리에게 주는 의미에 대해 생각해 봅시다.

> 부모와 자식 두 세대가 견디기 힘든 어려운 일을 당한 것을 담아낸 소설입니다. 과연 이들에게 어떤 일이 있었던 것인지 살피며 글을 읽어 봅시다.

수난이대

하근찬

 진수가 돌아온다. 진수가 살아서 돌아온다. 아무개는 °전사했다는 통지가 왔고, 아무개는 죽었는지 살았는지 통 소식이 없는데, 우리 진수는 살아서 오늘 돌아오는 것이다. 생각할수록 어깻바람이 날 일이다. 그래 그런지 몰라도 박만도는 여느 때 같으면 아무래도 한두 군데 앉아 쉬어야 넘어설 수 있는 용머리재를 단숨에 올라채고 만 것이다. 가슴이 펄럭거리고 허벅지가 뻐근했다. 그러나 그는 고갯마루에서도 쉴 생각을 하지 않았다. 들 건너 멀리 바라보이는 정거장에서 연기가 몰씬몰씬 피어오르며, 삐익— 기적 소리가 들려왔기 때문이다. 아들이 타고 내려올 기차는 점심때가 가까워야 도착한다는 것을 모르는 바 아니다. 해가 이제 겨우 산등성이 위로 한 뼘가량 떠올랐으니, 오정이 되려면 아직

• 전사하다: 전쟁터에서 적과 싸우다 죽다.

차례 멀은 것이다. 그러나 그는 공연히 마음이 바빴다. 까짓 것 잠시 앉아 쉬면 뭐 할끼고. 손가락으로 한쪽 콧구멍을 찍 누르면서 팽! 마른코를 풀어 던졌다. 그리고 휘청휘청 고갯 길을 내려가는 것이다.

 내리막은 °오리막에 비하면 아무것도 아니었다. °대구 팔을 흔들라치면 절로 굴러 내려가는 것이다. 만도는 오른쪽 팔만을 앞뒤로 흔들고 있었다. 왼쪽 팔은 조끼 주머니에 아무렇게나 쑤셔 넣고 있는 것이다. 삼대독자가 죽다니 말이 되나. 살아서 돌아와야 일이 옳고말고. 그런데 병원에서 나온다 하니 어디를 좀 다치기는 다친 모양이지만, 설마 나같이 이렇게사 되지 않았겠지. 만도는 왼쪽 조끼 주머니에 꽂힌 소맷자락을 내려다보았다. 그 소맷자락 속에는 아무것도 들은 것이 없었다. 그저 소맷자락만이 어깨 밑으로 덜렁 처져 있는 것이다. 그래서 노상 그쪽은 조끼 주머니 속에 꽂혀 있는 것이다. 볼기짝이나 장딴지 같은 데를 총알이 약간 스쳐 갔을 따름이겠지. 나처럼 팔뚝 하나가 몽땅 달아날 지경이었다면 그 엄살스러운 놈이 견뎌 냈을 턱이 없고말고. 슬며시 걱정이 되기도 하는 듯 그는 속으로 이런 소리를 주워섬겼다.

 내리막길은 빨랐다. 벌써 고갯마루가 저만큼 높이 쳐다보이는 것이다. 산모퉁이를 돌아서면 이제 들판이다. 내리막

- 오리막: '오르막'의 방언.
- 대구: 무리하게 자꾸. 또는 계속하여 자꾸.

길을 쏘아 내려온 기운 그대로 만도는 들길을 잰걸음 쳐 나가다가 개천 둑에 이르러서야 걸음을 멈추었다. 외나무다리가 놓여 있는 조그마한 시냇물이었다. 한여름 장마철에는 들어설라치면 배꼽이 묻히는 수도 있었지마는, 요즈막엔 무릎이 잠길 듯 말 듯한 물인 것이다. 가을이 깊어지면서부터 물은 밑바닥이 환히 들여다보일 만큼 맑아져 갔다. 소리도 없이 미끄러져 내려가는 물을 가만히 내려다보고 있으면 절로 잇뿌리가 시려 온다.

만도는 물기슭에 내려가서 쭈그리고 앉아 한 손으로 °고의춤을 풀어헤쳤다. 오줌을 찌익— 깔기는 것이다. 거울 면처럼 맑은 물 위에 오줌이 가서 부글부글 끓어오르며 뿌우연 거품을 이루자, 여기저기서 물고기 떼가 모여든다. 제법 엄지손가락만큼씩 한 피라미도 여러 마리다. 한 바가지 잡아서 회 쳐 놓고 한 잔 쭈욱 들이켰으면…… 군침이 목구멍에서 꿀꺽했다. 고기 떼를 향해서 마른코를 팽팽 풀어 던지고, 그는 외나무다리를 조심히 디뎠다.

길이가 얼마 되지 않는 다리였으나, 아래로 물을 내려다보면 제법 어찔했다. 그는 이 외나무다리를 퍽 조심한다. 언젠가 한 번 읍에서 술이 꽤 되어 가지고 흥청거리며 돌아오다가 물에 굴러떨어진 일이 있었던 것이다. 지나치는 사람이 없었기에 망정이지, 누가 보았더라면 큰 웃음거리가 될 뻔했다. 발목 하나를 약간 접쳤을 뿐 크게 다친 데는 없었

• 고의춤: 고의(남자의 여름 홑바지)나 바지의 허리를 접어서 여민 사이.

다. 이른 가을철이었기 때문에 옷을 벗어 둑에 늘어놓고 말릴 수는 있었으나 여간 창피스러운 것이 아니었다. 옷이 말짱 젖었다거나, 옷이 마를 때까지 발가벗고 기다려야 한다거나 해서가 아니었다. 팔뚝 하나가 몽땅 잘라져 나간 흉측한 몸뚱어리를 하늘 앞에 드러내 놓고 있어야 했기 때문이었다. 지나치는 사람이 있을라치면 하는 수 없이 물속으로 뛰어 들어가서 얼굴만 내놓고 앉아 있었다. 물이 선득해서 아래턱이 덜덜거렸으나, 오그라붙는 사타구니께를 한 손으로 꽉 움켜쥐고 버티는 수밖에 없었다.

"흐흐흐……."

그때 일을 생각하면 지금도 곧 웃음이 터져 나오는 것이다. 하늘로 쳐들린 콧구멍이 연신 벌름거렸다.

개천을 건너서 논두렁길을 한참 부지런히 걸어가노라면 읍으로 들어가는 •한길이 나선다. 도로변에 먼지를 부옇게 덮어쓰고 •도사리고 앉아 있는 초가집은 주막이다. 만도가 읍에 나올 때마다 꼭 한 번씩 들르곤 하는 단골집인 것이다. 이 집 눈썹이 짙은 여편네와는 예사로 농을 주고받는 사이다.

•술방 문턱을 들어서며 만도가,

"서방님 들어가신다."

하면, 여편네는,

- 한길: 사람이나 차가 많이 다니는 넓은 길.
- 도사리다: 팔다리를 함께 모으고 몸을 웅크리다.
- 술방: 술을 파는 집. 주막.

"아이 문둥아, 어서 오너라."

하는 것이 인사처럼 되어 있다. 만도는 여간 언짢은 일이 있어도 이 여편네의 궁둥이 곁에 가서 앉으면 속이 절로 쑥 내려가는 것이다.

주막 앞을 지나치면서 만도는 술방 문을 열어 볼까 했으나, 방문 앞에 신이 여러 켤레 널려 있고, 방 안에서 웃음소리가 요란하기 때문에 돌아오는 길에 들르기로 했다. 신작로에 나서면 금시 읍이었다. 만도는 읍 들머리에서 잠시 망설이다가 정거장 쪽과는 반대되는 방향으로 걸음을 옮겼다. •장거리를 찾아가는 것이었다. 진수가 돌아오는데 고등어나 한 •손 사 가지고 가야 될 거 아니가 싶어서였다. 장날은 아니었으나, 고깃전에는 없는 고기가 없었다. 이것을 살까 하면 저것이 좋아 보이고, 그것을 사러 가면 또 그 옆의 것이 먹음직해 보이고. 그것을 사러 가면 또 그 옆의 것이 먹음직해 보이고. 한참 이리저리 서성거리다가 결국은 고등어 한 손을 샀다. 그것을 달랑달랑 들고 정거장을 향해 가는데, 겨드랑 밑이 간질간질해 왔다. 그러나 한쪽밖에 없는 손에 고등어를 들었으니 참 딱했다. 어깻죽지를 연신 위아래로 움직거리는 수밖에 없었다.

- 장거리: 장터 거리.
- 손: 한 손에 잡을 만한 분량을 세는 단위. 조기, 고등어, 배추 따위 한 손은 큰 것 하나와 작은 것 하나를 합한 것을 이르고, 미나리나 파 따위 한 손은 한 줌 분량을 이른다.

정거장 대합실에 들어선 만도는 먼저 벽에 걸린 시계부터 바라보았다. 두 시 이십 분이었다. 벌써 두 시 이십 분이라니, 내가 잘못 보았나? 아무리 두 눈을 씻고 보아도 시계는 틀림없는 두 시 이십 분이다. 한쪽 걸상에 가서 궁둥이를 붙이면서도 곧장 미심쩍어했다. 두 시 이십 분이라니. 그럼 벌써 점심때가 지났단 말인가. 말도 아닌 것이다. 자세히 보니 시계는 유리가 깨어졌고, 먼지가 꺼멓게 앉아 있었다. 그러면 그렇지, 엉터리였다. 벌써 그렇게 되었을 리가 없는 것이다.

"여보이소, 지금 몇 싱교?"

맞은편에 앉은 양복장이한테 물어보았다.

"열 시 사십 분이오."

"예, 그렁교."

　만도는 고개를 굽신하고는 두 눈을 연신 껌벅거렸다. 열 시 사십 분이라, 보자, 그럼 아직도 한 시간이나 넘어 남았구나. 그는 안심이 되는 듯 후유 숨을 내쉬었다. 궐련을 한 개 빼 물고 불을 댕겼다. 정거장 대합실에 와서 이렇게 도사리고 앉아 있노라면, 만도는 곧잘 생각히는*(생각나는) 일이 한 가지 있었다. 그 일이 머리에 떠오르면 등골을 찬 기운이 쫙 스쳐 내려가는 것이었다. 다섯 개의 손가락이 시퍼렇게 굳어진, 이끼 낀 나무토막 같은 팔뚝이 지금도 저만큼 눈앞에 보이는 듯했다.

　바로 이 정거장 마당에 백 명 남짓한 사람들이 모여 웅성

거리고 있었다. 그중에는 만도도 섞여 있었다. 기차를 기다리고 있는 것이었으나, 그들은 모두 자기네들이 어디로 가는 것인지 알지를 못했다. 그저 차를 타라면 탈 사람들이었다. 징용에 끌려 나가는 사람들이었다. 그러니까 지금으로부터 십이삼 년 옛날의 이야기인 것이다.

°북해도 탄광으로 갈 것이라는 사람도 있었고, 틀림없이 °남양 군도로 간다는 사람도 있었다. 더러는 만주로 가면 좋겠다고 하기도 했다. 만도는 북해도가 아니면 남양 군도일 것이고, 거기도 아니면 만주겠지. 설마 저희들이 하늘 밖으로야 끌고 가겠느냐고, 아무렇지도 않은 듯이 그 들창코로 담배 연기를 푹푹 내뿜고 있었다. 그러나 마음이 좀 덜 좋은 것은 마누라가 저쪽 변소 모퉁이 벚나무 밑에 우두커니 서서 한눈도 안 팔고 이쪽만을 바라보고 있는 때문이었다. 그래서 그는 주머니 속에 성냥을 두고도 옆 사람에게 불을 빌리자고 하며 슬며시 돌아서 버리곤 했다. °호옴으로 나가면서 뒤를 돌아보니 마누라는 울 밖에 서서 수건으로 코를 눌러 대고 있었다. 만도는 코허리가 찡했다. 기타가 꽥꽥 소리를 지르면서 덜커덩! 하고 움직이기 시작했을 때는 정말 기분이 덜 좋았다. 눈앞이 뿌우옇게 흐려지는 것을 어쩌지 못했다. 그러나 정거장이 가맣게 멀어져 가고 차창 밖으로 새

- 북해도: 일본 '홋카이도'를 우리 한자음으로 읽은 이름.
- 남양 군도: 태평양의 적도 부근에 흩어져 있는 섬의 무리.
- 호옴: 플랫폼.

로운 풍경이 획획 날아들자 그만 아무렇지도 않아지는 것이었다. 오히려 기분이 유쾌해지는 것 같기도 했다.

　바다를 본 것도 처음이었고, 그처럼 큰 배에 몸을 실어 본 것은 더구나 처음이었다. 배 밑창에 엎드려서 꽥꽥 게워 내는 사람들이 많았으나, 만도는 그저 골이 좀 띵했을 뿐 아무렇지도 않았다. 더러는 하루에 두 개씩 주는 주먹밥을 남기기도 했으나, 그는 한꺼번에 하루 것을 뚝딱해도 시원찮았다. 모두들 내릴 준비를 하라는 명령이 떨어진 것은 사흘째 되는 날 황혼 때였다. 제각기 봇짐을 챙기기에 바빴다. 만도도 호박덩이만 한 보따리를 옆구리에 덜렁 찼다. 갑판 위에 올라가 보니 하늘은 활활 타오르고 있고, 바닷물은 불에 녹은 쇠처럼 벌겋게 출렁거리고 있었다. 지금 막 태양이 물 위로 뚝 떨어져 가는 중이었다. 햇덩어리가 어쩌면 그렇게 크고 붉은지 정말 처음이었다. 그리고 바다 위에 주황빛으로 번쩍거리는 커다란 산이 둥둥 떠 있는 것이었다. 무시무시하도록 황홀한 광경에 모두들 딱 벌어진 입을 다물 줄 몰랐다. 만도는 양 어깨를 버쩍 들어 올리면서 히야— 고함을 질렀다. 그러나 섬에서 그들을 기다리고 있는 것은 숨 막히는 더위와 강제 노동과, 그리고 잠자리만큼씩이나 한 모기 떼…… 그런 것뿐이었다.

　섬에다가 비행장을 닦는 것이었다. 모기에게 물려 혹이 된 자리를 벅벅 긁으며, 비 오듯 쏟아지는 땀을 무릅쓰고 아침부터 해가 떨어질 때까지 산을 허물어 내고, 흙을 나르고 하기란 고향에서 농사일에 뼈가 굳어진 몸에도 이만저만한 •고역이 아니었다. 물도 입에 맞지 않았고, 음식도 이내 변하곤 해서, 도저히 견디어 낼 것 같지가 않았다. 게다가 병까지 돌았다. 일을 하다가도 벌떡 자빠지기가 예사였다. 그러나 만도는 아침저녁으로 약간씩 설사를 했을 뿐 넘어지지는 않았다. 물도 차츰 입에 맞아 갔고, 고된 일도 날이 감에 따라 몸에 배어드는 것이었다. 밤에 날개를 차며 몰려드는 모기떼만 아니면 그냥저냥 배겨 내겠는데, 정말 그놈의 모기들만은 질색이었다.

사람의 일이란 무서운 것이었다. 그처럼 험난하던 산과 산 틈바구니에 비행장을 다듬어 내고야 말았던 것이다. 그러나 일은 그것으로 끝나는 것이 아니고, 오히려 더 벅찬 일이 닥치는 것이었다. 연합군의 비행기가 날아들면서부터 일은 밤중까지 계속되었다. 산허리에 굴을 파 들어가는 것이었다. 비행기를 집어넣을 굴이었고, 그리고 모든 시설을 다 굴속으로 옮겨야 하는 것이었다.

여기저기 다이너마이트 튀는 소리가 산을 흔들어 댔다. 앵앵앵— 하고 •공습경보가 나면 일을 하던 손을 놓고 모두가 굴 바닥에 납작납작 엎드려 있어야 했다. 비행기가 돌아갈 때까지 그러고 있는 것이었다. 어떤 때는 근 한 시간 가까이나 엎드려 있어야 하는 때도 있었는데, 차라리 그것이

• 고역: 몹시 힘들고 고되어 견디기 어려운 일.
• 공습경보: 적의 항공기가 공중 습격을 하여 왔을 때 위험을 알리는 경보.

얼마나 편한지 몰랐다. 그래서 더러는 공습이 있기를 은근히 기다리기도 했다. 때로는 공습경보의 사이렌을 듣지 못하고 그냥 일을 계속하는 수도 있었다. 그럴 때는 모두 큰 손해를 보았다고 야단들이었다. 어떻게 된 셈인지 사이렌이 미처 울리기도 전에 비행기가 산등성이를 넘어 달려드는 수도 있었다. 그럴 때는 정말 질겁을 하는 것이었다. 가장 많은 손해를 입는 것도 그런 경우였다. 만도가 한쪽 팔뚝을 잃어버린 것도 바로 그런 때의 일이었다.

　여느 날과 다름없이 굴속에서 바위를 허물어 내고 있었다. 바위 틈서리에 구멍을 뚫어서 다이너마이트 장치를 하는 판이었다. 장치가 다 되면 모두 바깥으로 나가고, 한 사람만 남아서 불을 댕기는 것이다. 그리고 그것이 터지기 전에 얼른 밖으로 뛰어나와야 한다. 만도가 불을 댕길 차례였다. 모두들 바깥으로 나가 버린 다음 그는 성냥을 꺼냈다. 그런데 웬 영문인지 기분이 꺼림칙했다. 모기에게 물린 자리가 자꾸 쑥쑥 쑤시는 것이었다. 긁적긁적 긁어 댔으나 도무지 시원한 맛이 없었다. 그는 이맛살을 찌푸리면서 성냥을 득! 그었다. 그래 그런지 몰라도 불은 이내 픽 하고 꺼져 버렸다. 성냥 알맹이 네 개째에야 겨우 심지에 불이 댕겨졌다. 심지에 불이 붙는 것을 보자, 그는 얼른 몸을 굴 밖으로 날렸다. 바깥으로 막 나서려는 때였다. 산이 무너지는 듯한 소리와 함께 사나운 바람이 귓전을 후려갈기는 것이었다. 만도는 정신이 아찔했다. 공습이었던 것이다. 산등성이를 넘어 달려든 비행기가 머리 위로 아슬아슬하게 지나가는 것이었다. 미처 정신을 차리기도 전에 또 한 대가 뒤따라 날아드는 것이 아닌가. 만도는 그만 넋을 잃고 굴 안으로 도로 달려 들어갔다. 달려 들어가서 굴 바닥에 아무렇게나 팍 엎드리고 말았다. 그 순간이었다. 쾅! 굴 안이 미어지는 듯하면서 다이너마이트가 터졌다. 만도의 두 눈에서 불이 번쩍했다.

만도가 어렴풋이 눈을 떠 보니, 바로 거기 눈앞에 누구의 것인지 모를 팔뚝이 하나 아무렇게나 떨어져 있었다. 손가락이 시퍼렇게 굳어져서 마치 이끼 낀 나무토막처럼 보이는 팔뚝이었다. 만도는 그것이 자기의 어깨에 붙어 있던 것인 줄을 알자 그만 으악! 하고 정신을 잃어버렸다.

재차 눈을 떴을 때는 그는 푹신한 담요 위에 누워 있었고, 한쪽 어깻죽지가 못 견디게 쿡쿡 쑤셔 댔다. 절단 수술은 이미 끝난 뒤였다.

쌔액— 기차 소리였다. 멀리 산모퉁이를 돌아오는가 보다. 만도는 자리를 털고 벌떡 일어서며 옆에 놓아 둔 고등어를 집어 들었다. 기적 소리가 가까워질수록 가슴이 울렁거렸다. 대합실 밖으로 뛰어나가 호옴이 잘 보이는 울타리 쪽으로 가서 발돋움을 했다. 땡땡땡…… 종이 울리고, 잠시 후 차는 소리를 지르면서 달려들었다. 기관차의 옆구리에서는 김이 픽픽 풍겨 나왔다. 만도의 얼굴은 바짝 긴장이 되었다. 시커먼 열차 속에서 꾸역꾸역 사람들이 쏟아져 나왔다. 쌔

많은 손님이 내리는 것이었다. 만도의 두 눈은 곧장 이리저리 굴렀다. 그러나 아들의 모습은 쉽사리 눈에 띄지 않았다. 저쪽 출찰구로 밀려가는 사람의 물결 속에 두 개의 지팡이를 짚고 절룩거리면서 걸어 나가는 •상이군인이 있었으나, 만도는 그 사람에게 주의가 가지는 않았다. 기차에서 내릴 사람은 모두 내렸는가 보다. 이제 미처 차에 오르지 못한 사람들이 호옴을 이리저리 서성거리고 있을 뿐인 것이다. 그놈이 거짓으로 편지를 띄웠을 리는 없을 터인데. 만도는 자꾸 가슴이 떨렸다. 이상한 일이다, 하고 있을 때였다. 분명히 뒤에서,

"아부지!"

부르는 소리가 들렸다. 만도는 깜짝 놀라며 얼른 뒤를 돌아보았다. 그 순간 만도의 두 눈은 무섭도록 크게 떠지고, 입은 딱 벌어졌다. 틀림없는 아들이었으나, 옛날과 같은 진수는 아니었다. 양쪽 겨드랑이에 지팡이를 끼고 서 있는데, 스쳐 가는 바람결에 한쪽 바짓가랑이가 펄럭거리는 것이 아닌가. 만도는 눈앞이 노오래지는 것을 어쩌지 못했다. 한참 동안 그저 멍멍하기만 하다가, 코허리가 찡해지면서 두 눈에 뜨거운 것이 핑 도는 것이었다.

"에라이 이놈아!"

만도의 입술에서 모지게 튀어나온 첫마디였다. 떨리는 목소리였다. 고등어를 든 손이 불끈 주먹을 쥐고 있었다.

• 상이군인: 전투나 군사상 공무 중에 몸을 다친 군인.

"이기 무슨 꼴이고, 이기!"

"아부지!"

"이놈아, 이놈아―"

만도의 들창코가 크게 벌름거리다가 훌쩍 물코를 들이마셨다. 진수의 두 눈에서는 어느 결에 눈물이 지르르 흘러내리고 있었다. 만도는 모든 게 진수의 잘못이기나 한 듯 험한 얼굴로,

"가자, 어서!"

무뚝뚝한 한마디를 던지고는 성큼성큼 앞장을 서는 것이었다. 진수는 입술에 내려와 묻는 짭짤한 것을 혀끝으로 날름 핥아 버리고 절름절름 아버지의 뒤를 따랐다. 앞장서 가는 만도는 뒤따라오는 진수를 한 번도 돌아보지 않았다. 한눈을 파는 법도 없었다. 무겁디무거운 짐을 진 사람처럼 땅바닥만 내려다보며, 이따금 끙끙거리면서 부지런히 걸어만 가는 것이다. 지팡이에 몸을 의지하고 걷는 진수가 성한 사람의, 게다가 부지런히 걷는 걸음을 당해 낼 수는 도저히 없었다. 한 걸음 두 걸음씩 뒤지기 시작한 것이 그만 작은 소리로 불러서는 들리지 않을 만큼 떨어져 버리고 말았다. 진수는 목구멍으로 왈칵 넘어오려는 뜨거운 기운을 참느라고 어금니를 야물게 깨물어 보기도 했다. 그리고 두 개의 지팡이와 한 개의 다리를 열심히 움직여 댔다.

앞서가던 만도는 주막집 앞에 이르자 비로소 한 번 뒤를 돌아보았다. 진수는 오다가 나무 밑에 서서 오줌을 누고 있

었다. 지팡이는 땅바닥에 던져 놓고, 한쪽 손으로는 볼일을 보고, 한쪽 손으로는 나무 둥치를 안고 있는 꼬락서니가 •을씨년스럽기 이를 데 없다. 만도는 눈살을 찌푸리며, 으음— 신음 소리 비슷한 무거운 소리를 토했다. 그리고 술방 앞으로 가서 방문을 왈칵 잡아당겼다.

기역 자 판 안에 도사리고 앉아서 속옷을 뒤집어 이를 잡고 있던 여편네가 킥! 웃으며 후닥닥 옷섶을 여민다. 그러나 만도는 웃지를 않았다. 방문턱을 넘어서면서도 서방님 들어가신다는 소리를 지르지도 않았다. 이처럼 뚝뚝한 얼굴을 하고 이 술방에 들어서기란 아마 처음 일일 것이다. 여편네가 멋도 모르고,

"오늘은 서방님 아닌가배."

하고 킬룩 웃었으나, 만도는 으음— 또 무거운 신음 소리를 토하고는 기역 자 판 앞에 가서 쭈그리고 앉기가 바쁘게,

"빨리빨리"

재촉이었다.

"핫다나, 어지간이도 바쁜가배."

"빨리 곱배기로 한 사발 달라니까구마."

"오늘은 와 이카노?"

여편네가 건네주는 술 사발을 받아들며 만도는 후유— 한숨을 크게 내쉬었다. 그리고 입을 얼른 사발로 가져갔다. 꿀꿀꿀 잘도 넘어간다. 그 큰 사발을 단숨에 비워 버리고는 도

• 을씨년스럽다: 보기에 날씨나 분위기 따위가 몹시 스산하고 쓸쓸한 데가 있다.

로 여편네 앞으로 불쑥 내민다. 그렇게 °거들빼기로 석 잔을 해치우고서야 으으윽 게트림을 했다. 여편네가 눈을 휘둥그레 가지고 혀를 내둘렀다. 빈속에 술을 그처럼 때려 마시고 보니, 금세 눈두덩이 확확 달아오르고, 귀뿌리가 발갛게 익어 갔다. 술기가 얼큰하게 돌자 이제 좀 속이 풀리는 듯 방문을 열고 바깥을 내다보았다. 진수는 이마에 땀을 척척 흘리면서 절름절름 저만큼 오고 있었다.

"진수야!"

버럭 소리를 질렀다.

"좀 쉬었다 가자."

"……."

진수는 아무런 대꾸도 없이 어기적어기적 다가왔다.

다가와서 방문턱에 걸터앉으니까, 여편네가 보고,

"방으로 좀 들어오이소"

한다.

"여기 좋심더."

그는 수세미 같은 손수건으로 이마와 코언저리를 아무렇게나 훔친다.

"마, 아무 데서나 묵어라. 저, 국수 한 그릇 말아 주소."

"야."

"곱빼기로 잘 좀. 참기름도 치소, 잉?"

"야아."

• 거들빼기: '연거푸'의 방언.

여편네는 코로 히죽 웃으면서 만도의 옆구리를 살짝 꼬집고는, 소쿠리에서 삶은 국수 두 뭉텅이를 집어 든다.

진수가 국수를 훌훌 끌어 넣고 있을 때, 여편네는 만도의 귓전으로 얼굴을 살짝 갖다 댄다.

"아들이가?"

만도는 고개를 약간 앞뒤로 끄덕거렸을 뿐 좋은 기색을 하지 않았다. 진수가 국물을 훌쩍 들이마시고 나자 만도는,

"한 그릇 더 묵을래?"

한다.

"아니예."

"한 그릇 더 묵지 와?"

"고만 묵을랍니더."

진수는 입술을 썩 닦으며 부스스 자리에서 일어났다.

주막을 나선 그들 부자는 논두렁길로 접어들었다. 아까와 같이 만도가 앞장을 서는 것이 아니라, 이번에는 진수를 앞세웠다. 지팡이를 짚고 기우뚱기우뚱 앞서가는 아들의 뒷모습을 바라보며, 팔뚝이 하나밖에 없는 아버지가 느릿느릿 따라가는 것이다. 손에 매달린 고등어가 자꾸 달랑달랑 춤을 춘다.

너무 급하게 들이부어서 그런지 만도의 뱃속에서는 우글우글 술이 끓고, 다리가 휘청거린다. 콧구멍으로 더운 숨을 훅훅 내뿜어 본다. 정신이 아른하다. 좋다.

"진수야!"

"예."

"니 우째다가 그래 댔노?"

"전쟁하다가 이래 안 댔심니꺼. 수류탄 쪼가리에 맞았심더."

"수류탄 쪼가리에?"

"예."

"음—"

"얼른 낫지 않고 막 썩어 들어가기 때문에 군의관이 짤라 버립디더. 병원에서예."

"……."

"아부지!"

"와?"

"이래 가지고 나 우째 살까 싶습니더."

"우째 살긴 뭘 우째 살아. 목숨만 붙어 있으면 다 사는 기다. 그런 소리 하지 마라."

"……."

"나 봐라. 팔뚝이 하나 없어도 잘만 안 사나. 남 봄에 좀 덜 좋아서 그렇지, 살기사 와 못 살아."

"차라리 아부지같이 팔이 하나 없는 편이 낫겠어예. 다리가 없어 놓니 첫째 걸어 댕기기에 불편해서 똑 죽겠심더."

"야야, 안 그렇다. 걸어 댕기기만 하면 뭐 하노. 손을 지대로 놀려야 일이 뜻대로 되지."

"그럴까예?"

"그렇다니까. 그러니까 집에 앉아서 할 일은 니가 하고, 나댕기메 할 일은 내가 하고, 그라면 안 되겠나, 그제?"
"예."
진수는 가벼운 한숨을 내쉬며 아버지를 돌아보았다. 만도는 돌아보는 아들의 얼굴을 향해서 지긋이 웃어 주었다. 술을 마시고 나면 이내 오줌이 마려워진다. 만도는 길가에 아무렇게나 쭈그리고 앉아서 고등어 묶음을 입에 물려고 한다. 그것을 본 진수가,
"아부지 그 고등어 이리 주이소."
한다.
팔이 하나밖에 없는 몸으로 물건을 손에 든 채 소변을 볼 수는 없는 것이다. 아버지가 볼일을 마칠 때까지 진수는 저만큼 떨어져 서서, 지팡이를 한쪽 손에 모아 쥐고 다른 손으로 고등어를 들고 있었다. 볼일을 다 본 만도는 얼른 가서 아들의 손에서 고등어를 다시 받아 든다.
개천 둑에 이르렀다. 외나무다리가 놓여 있는 그 시냇물이다. 진수는 슬그머니 걱정이 되었다. 물은 그렇게 깊은 것 같지 않지만, 밑바닥이 모래흙이어서 지팡이를 짚고 건너가기가 만만할 것 같지 않기 때문이다. 외나무다리 위로는 도저히 건너갈 재주가 없고…….
진수는 하는 수 없이 둑에 퍼지고 앉아서 바짓가랑이를 걷어 올리기 시작했다. 만도는 잠시 멀뚱히 서서 아들의 하는 수작을 내려다보고 있다가,

"진수야, 그만두고, 자아, 업자."

했다.

"업고 건너면 일이 다 되는 거 앙이가. 자아, 이거 받아라."

고등어 묶음을 진수 앞으로 내민다.

"……."

진수는 퍽 난처해하면서, 못 이기는 듯이 그것을 받아 들었다. 만도는 등을 아들 앞에 갖다 대고, 하나밖에 없는 팔을 뒤로 번쩍 내밀며,

"자아, 어서!"

했다.

진수는 지팡이와 고등어를 각각 한 손에 쥐고, 아버지의 등으로 가서 슬그머니 업혔다. 만도는 팔뚝을 뒤로 돌려서 아들의 하나뿐인 다리를 꼭 안았다. 그리고,

"팔로 내 목을 감아야 될 끼다."

했다.

진수는 무척 황송한 듯 한쪽 눈을 찍 감으면서, 고등어와 지팡이를 든 두 팔로 아버지의 굵은 목줄기를 부둥켜안았다. 만도는 아랫배에 힘을 주며, 끙! 하고 일어났다. 아랫도리가 약간 후들거렸으나 걸어갈 만은 했다.

외나무다리 위로 조심조심 발을 내디디며 만도는 속으로, 이제 새파랗게 젊은 놈이 벌써 이게 무슨 꼴이고, 세상을 잘못 만나서 진수 니 신세도 참 똥이다 똥, 이런 소리를 주워

섬겼고, 아버지의 등에 업힌 진수는 곧장 미안스러운 얼굴을 하며, 나꺼정 이렇게 되다니 아부지도 참 복도 더럽게 없지, 차라리 내가 죽어 버렸더라면 나았을 낀데…… 하고 중얼거렸다.

만도는 아직 술기가 약간 있었으나, 용케 몸을 가누며 아들을 업고 외나무다리를 조심조심 건너가는 것이었다.

눈앞에 우뚝 솟은 용머리재가 이 광경을 가만히 내려다보고 있었다.

「수난이대」를 감상한 내용을 바탕으로 다음 활동을 해 봅시다.

1. 이 소설의 주요 내용을 공간의 이동에 따라 정리해 봅시다.

| 집 → 용머리재 → 들판 | 왼쪽 _____을 잃은 박만도가 전쟁에서 돌아오는 아들 진수를 맞으러 정거장으로 향한다. |

| 읍내 장거리 | 만도가 _____를 사며 아들을 만날 기대에 부푼다. |

| 정거장 | 진수가 한쪽 _____를 잃은 상이군인이 되어 돌아오자, 만도는 충격을 받는다. |

| 주막 | 만도는 술로 충격을 달래고, 진수는 국수를 먹으며 서먹한 시간을 보낸다. |

| 개천 → 집 | _____가 _____를 업고 외나무다리를 건너며, 도와가며 살아가자고 다짐한다. |

2. 소설 속에서 외나무다리를 건너는 부자의 모습을 보고 친구들이 나눈 대화를 완성해 봅시다.

지아: 외나무다리는 만도와 진수에게 닥친 _____을 의미해.
승헌: 그리고 이들 부자가 서로 힘을 합해 외나무다리를 건너는 것은 _____.

3부 | 작품을 둘러싼 맥락: 사회·문화적 상황

3. 소설의 사회·문화적 상황을 바탕으로 인물 카드를 만들어 봅시다.

사회·문화적 상황

- 징용에 끌려 나가는 사람들이었다. 그러니까 지금으로부터 십이삼 년 옛날의 이야기인 것이다. 북해도 탄광으로 갈 것이라는 사람도 있었고, 틀림없이 남양 군도로 간다는 사람도 있었다.
- 섬에서 그들을 기다리고 있는 것은 숨 막히는 더위와 강제 노동과, 그리고 잠자리 만큼씩이나 한 모기떼…… 그런 것뿐이었다.
- 앵앵앵 – 하고 공습경보가 나면 일을 하던 손을 놓고 모두 굴 바닥에 납작납작 엎드려 있어야 했다.

- 아무개는 전사했다는 통지가 왔고, 아무개는 죽었는지 살았는지 통 소식이 없는데, 우리 진수는 살아서 오늘 돌아오는 것이다.
- 옛날과 같은 진수는 아니었다. 양쪽 겨드랑이에 지팡이를 끼고 서 있는데, 스쳐 가는 바람결에 한쪽 바짓가랑이가 펄럭거리는 것이 아닌가.
- "니 우짜다가 그래 댔노?"
"전쟁하다가 이래 안 됐심니꼬. 수류탄 쪼가리에 맞았심더."

만도	진수

- 특징: ☐☐☐ 때 끌려간 ☐☐☐에서 다쳐 왼팔이 없음. 빈 소매를 조끼 주머니에 넣고 다님.
- 성격: 무뚝뚝하지만 아들을 사랑하며, 책임감이 강함.

- 특징: ☐☐☐ 때 한쪽 다리를 잃고 제대한 상이군인. ☐☐☐ 두 개를 짚음.
- 성격: 마음이 여린 편이지만 아버지의 격려로 현실을 극복하려고 함.

수난이대

> 4·19 혁명으로 희생된 젊은이들을 추모하며 그들의 숭고한 정신을 기리는 시입니다. 죽음으로써 민주주의를 지켜 낸 그들의 뜻이 어떻게 영원히 이어질지 생각하며 시를 읽어 봅시다.

산에 언덕에

신동엽

그리운 그의 얼굴 다시 찾을 수 없어도
화사한 그의 꽃
산에 언덕에 피어날[•]지어이.

그리운 그의 노래 다시 들을 수 없어도
맑은 그 숨결
들에 숲속에 살아갈지어이.

쓸쓸한 마음으로 들길 더듬는 행인아.

눈길 비었거든 바람 담을지네
바람 비었거든 인정 담을지네.

• ~지어이: ~하기를 바람 혹은 하리라 확신함.

그리운 그의 모습 다시 찾을 수 없어도
울고 간 그의 영혼
들에 언덕에 피어날지어이.

「산에 언덕에」를 감상한 내용을 바탕으로 다음 활동을 해 봅시다.

1. <보기>를 참고하여 작가와 가상 인터뷰를 한 내용을 채워 봅시다.

   　1960년에 일어난 4·19 혁명은 이승만 정권이 저지른 부정 선거에 대한 반대와 규탄에서 시작하여 반독재 민주화 투쟁으로 발전했습니다. 1960년 2월 28일에 시작한 대구 학생 시위는 3월 15일 마산으로 확산되어, 4월 19일 서울을 비롯한 전국에서 대규모 시위로 일어났습니다. 그 과정에서 군과 경찰의 무자비한 진압과 충격으로 183명이 숨지고 6,026여 명의 부상자가 발생하는 대참극이 빚어졌습니다.
   　하지만 이들의 희생은 헛되지 않았습니다. 4·19 혁명은 이승만 대통령 하야와 자유당 정권 붕괴를 이끌어 내며 제2공화국 수립과 언론·집회의 자유 확대라는 성과를 거두었습니다.
   　특히 학생들이 앞장선 용기 있는 행동은 시민 저항의 정당성을 확립하고 청년 세대의 정치 참여 의식을 높여, 이후 모든 민주화 운동의 모델이 되었습니다. 4·19 혁명은 민주 사회를 향한 우리 국민의 강력한 의지를 보여 준 역사적 사건입니다.

   학생　작가님, 이 시에서 "그리운 그"는 누구를 말하는 건가요?
   작가　_____
   학생　아, 그렇군요. 그런데 왜 그분들을 직접 드러내지 않고 '꽃'이나 '숨결'로 표현하셨어요?
   작가　당시에는 정치적인 이야기를 직접적으로 하기 어려웠습니다. 그래서 자연에 빗대어 그분들의 정신이 우리 곁에 남아 있다는 것을 표현했지요.

학생 그러면 "쓸쓸한 마음으로 들길 더듬는 행인"은 어떤 사람들을 가리키나요?
작가 _____
학생 그렇군요. 그 사람들에게 전하신 "눈길 비었거든 바람 담을지네 / 바람 비었거든 인정 담을지네."라는 부분을 이해하기가 어려웠어요. 어떤 의미인지 설명해 주실 수 있을까요?
작가 소중한 사람을 잃은 슬픔 속에서도 자연과 사람들의 따뜻한 정을 느끼며 살아가자는 위로를 담으려 했습니다.

2. 작가가 이 작품을 쓰게 된 배경을 설명한 글의 빈칸을 <보기>에서 찾아 넣어 봅시다.

| 희생 | 애도 | 민주주의 | 의지적 | 정신 |

　1960년 4·19 혁명으로 183명이 _____ 되고 6,026여 명이 다치는 비극이 일어났지만 독재 정권이 무너지고 _____ 가 승리한 상황이 되었다. 이러한 상황에서 작가는 희생된 젊은이들의 죽음을 _____ 하면서도 그들의 숭고한 _____ 이 영원히 살아 있을 것이라는 믿음과 민주주의를 지켜 나가겠다는 _____ 마음으로 이 작품을 창작했다.

> 글쓴이가 어릴 때 살던 집의 우물을 생각하며 쓴 수필입니다. 사라진 것과 남아 있는 것의 의미를 생각하며 글을 읽어 봅시다.

마음 우물

유병록

고향에는 100세를 얼마 남기지 않은 할머니와 칠순 가까운 부모님이 살고 있다. 세 분이 살고 있는 집은 1982년에 내가 태어난 집이다. 세 분은 근처에서 살다가 댐 건설로 인해서 이사를 한 뒤로 40년 가까이 지금의 집에서 살고 있다.

마당을 둘러싸고 집이 한 채, 소를 키우는 외양간, 그리고 농기구를 보관하고 곡식을 넣어 두는 창고 하나가 ㄷ자 모양을 이루고 있다. 집 뒤쪽으로는 텃밭이 있는데 그 사이에 *뒤란이 있다. 그곳에는 장독대와 수돗가가 있다. 그리고 어머니가 한때는 애써서 가꾸었던 좁다란 화단도 있다.

지난 40년 동안 흙 마당에는 시멘트가 깔리고, *슬레이트

- 뒤란: 집 뒤 울타리의 안.
- 슬레이트: 지붕을 덮는 데 쓰는 천연 점판암의 얇은 석판.

지붕은 철제 지붕으로 바뀌고, 불을 때던 •아궁이 대신 입식 부엌이 만들어지고, •구들장 대신 보일러가 놓이고, 마루는 거실로 바뀌었다. 하지만 집의 대들보부터 외벽은 그대로 두었기 때문에 겉으로는 크게 달라진 것이 없어 보인다.

눈에 띄게 달라진 게 있다면, 뒤란에 있던 우물이 사라졌다는 것이다. 내가 어린 시절에는 •두레박으로 우물에서 물을 길어 올렸다. 주황색 고무로 된 두레박을 우물 속으로 내려서 이리저리 흔든 다음 줄을 끌어당기면 찰랑찰랑거리는 물이 두레박 가득 담겨 우물 밖으로 나왔다. 수도가 있었지만, 두레박으로 물을 길어 올려서 •허드렛물은 물론이고 먹는 물로도 썼다.

어린 시절에 어째서 우물은 아무리 물을 퍼내도 마르지 않는지 궁금했다. 자꾸 어디선가 물이 흘러온다면 왜 우물 밖으로 흘러넘치지 않는지 궁금했다. 우물 속을 가만히 들여다본 적도 있다. 참 신기했다. 우물은 가뭄이 들었을 때 수위가 낮아진 적은 있지만 한 번도 그 바닥을 내보이지 않았다. 늘 두레박을 내리면 언제든 물을 한가득 채워서 올려 주었다.

- 아궁이: 방이나 솥 따위에 불을 때기 위하여 만든 구멍.
- 구들장: 방고래 위에 깔아 방바닥을 만드는 얇고 넓은 돌.
- 두레박: 줄을 길게 달아 우물물을 퍼 올리는 데 쓰는 도구.
- 허드렛물: 별로 중요하지 아니한 일에 쓰는 물.

우물은 이제 없다. 우물이 있던 자리는 시멘트가 깔린 수돗가로 바뀌었다. 수도가 잘 연결된 덕분이고, 두레박으로 물을 길어 올리는 것이 더 이상 효율적이지 않은 일이 되어 버린 때문이고, 안타깝게도 지하수가 오염되었기 때문이기도 하다.

이제는 없는 그 어린 시절의 우물이 가끔 떠오른다. 마음이 평화로운 때보다는 어지러울 때가 많다. 내 마음속에 필요한 무엇을 찾을 때 우물을 떠올린다. 누군가를 용서해야 하는데 용서하고 싶은 마음이 전혀 생겨나지 않을 때, 누군가를 이해해야 하는데 도저히 마음을 먹지 못할 때, 인내심을 발휘해야 하는데 도무지 참을 수 없을 때, 나는 기억 속에만 존재하는 고향 집 뒤란의 우물을 떠올린다.

우물 속에는 언제나 물이 가득했다. 팔에 힘을 주고 줄을 당기면 물이 담긴 두레박을 건네주었다. 아무리 부지런하게 퍼낸다고 해도 사람의 힘으로는 우물의 물을 바닥낼 수 없다. 우물의 기억을 떠올리며 내 마음속에도 마르지 않는 우물이 있다고 생각한다. 그 우물에 내 갈증을 해소해 줄 시원한 마음이 가득하다고 생각한다. 팔에 힘을 주고 줄을 끌어당기면 시원한 마음을 길어 올릴 수 있다고 믿는다.

다른 사람에게 서운한 마음이 생길 때도 마찬가지이다. 저 사람은 왜 이해심이 없을까, 왜 인내심이 부족할까, 왜 배려심이 없을까, 하고 화가 날 때도 역시 우물을 떠올린다.

저 사람의 마음속에도 깊은 우물이 없을 리가 •만무하다고 생각한다. 다만 그 우물의 물을 길어 올리지 못할 뿐이라고 생각하면 서운한 마음이 조금은 누그러진다. 언젠가 자기 마음속에 두레박을 내려서 시원한 마음을 길어 올리리라는 기대가 생기는 덕분이다.

자신에게 또는 다른 사람에게 어떤 마음이 부족하다고 느껴질 때가 있다. 모두의 마음속에 깊은 우물이 있다고, 지금은 아직 두레박을 그 우물로 드리우지 않았지만 언젠가는 시원한 마음을 길어 올릴 수 있다고 믿으면 조금은 도움이 된다.

• 만무하다: 절대로 없다.

「마음 우물」을 감상한 내용을 바탕으로 다음 활동을 해 봅시다.

1. 작가가 경험한 삶의 변화를 정리해 봅시다.

항목	과거	현재
주거 환경	슬레이트 지붕, 아궁이, 구들장, 마루	철제지붕, 입식 부엌, ____, 거실
물 공급		수도
물의 상태	시원하고 깨끗함.	지하수가 ____.
작가의 감정		아쉬움, 그리움

2. <보기>를 활용하여 다음 글의 빈칸을 채우며 '마음 우물'의 의미를 파악해 봅시다.

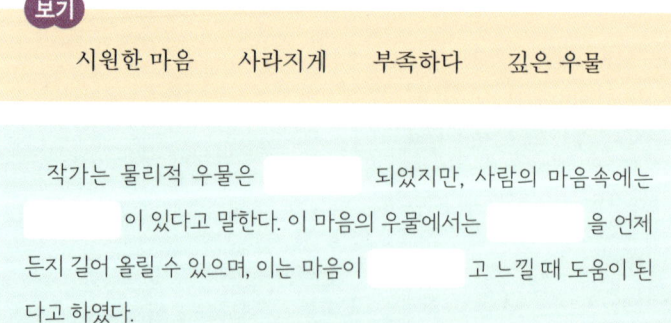

보기

시원한 마음   사라지게   부족하다   깊은 우물

작가는 물리적 우물은 ____ 되었지만, 사람의 마음속에는 ____ 이 있다고 말한다. 이 마음의 우물에서는 ____ 을 언제든지 길어 올릴 수 있으며, 이는 마음이 ____ 고 느낄 때 도움이 된다고 하였다.

3. 다음 상황에서 '마음 우물'에서 길어 올릴 수 있는 마음은 무엇일지 적어 봅시다.

친구와 다툰 후

용서하는 마음,
화해하려는 마음

가족이 아플 때

시험에서 낮은 점수를 받았을 때

새 학기 새로운 환경이 두려울 때

> 원미동을 배경으로 가게들의 경쟁을 통해 하루하루 생존을 걱정해야 하는 소시민의 삶을 사실적으로 드러낸 소설의 일부입니다. '일용할 양식'이란 무엇인지 생각하며 글을 읽어 봅시다.

일용할 양식

양귀자

원미동에 사는 사람들은, 아니 더 정확히 말하여 원미동 23통 5반 사람들은 이 겨울 들어 아주 난처한 일이 하나 생겼다. 생각하기에 따라서는 무에 그리 대단한 일이겠느냐고, 제법 요령 있게 넘어갈 수 있는 방법이 있지 않겠느냐고 하겠지만 어쨌든 딱한 일임에는 분명하였다.

일의 시작은 지난 연말부터였다. 여름의 원미동 거리는 가게에 딸린 단칸방의 무더위를 피하기 위한 동네 사람들로 자정 무렵까지 북적이게 마련이었으나 추위가 닥치면 그렇지가 않았다. 너 나 할 것 없이 아랫목으로 파고들어서 텔레비전이나 쳐다보는 것으로 족하게 여기고 찬 바람이 씽씽 몰아치고 있을 밤거리야 상관할 바가 아니었다. 낮 동안 햇살이 발갛게 비치어 기온이 다소 올라가도 사정은 크게 달라지지 않았다. 요즘 집집마다 유행처럼 번지기 시작한 유선 방송이라는 게 시도 때도 없이 영화를 보내 주고 있기 때문에 사람들은 변소 갈 시간도 아끼면서, 법석을 떨어 대는 아이들이나 바깥으로 내몰아 놓고서 이내 텔레비전 앞에 붙어 앉는 것이다. 옥상마다 다닥다닥 붙어 있는 안테나 사정 탓인지 따로이 선을 잇지 않아도 유선 방송이 잘 잡히더라는 집도 더러 있었다. 날씨는 춥고, 아랫목은 따뜻하고, 눈요기할 만한 필름은 텔레비전이 담당하였다. 그러저러 겨울이 깊어 가던 연말에 동네 사람들은 행복사진관 엄 씨가 일으킨 연애 사건으로 한동안 모이기만 하면 쑤군쑤군 입을 맞추었으나 인삼찻집이 문을 닫아 버리고 나서는 찻집 여자와 엄 씨의 관계에 초점을 모으던 화제도 시들해져 있었다.

그때를 맞추기나 한 듯이 일이 시작된 것이다. 처음에는 어떤 일이나 그렇듯 대수롭지 않았다. '김포쌀상회'의 상호가 '김포슈퍼'로 바뀌었을 뿐인 것이다. 원래는 쌀과 연탄만을 취급하면서 23통 일대의 쌀과 연탄을 도맡아 배달해 주던 김포쌀상회의 경호 아버지가 어지간히 돈을 모은 모양이었다. 비어 있는 옆 칸을 헐어 가게를 확장한 것이다. 김포쌀상회가 김포슈퍼로 도약하였을 때는 응당 상호에 걸맞게시리 온갖 생활필수품들이 진열대를 메우는 것은 당연한 노릇이었다. 한쪽에는 °싸전을, 또 한쪽에다는 미니 슈퍼를, 그리고 가게 앞 공터에다는 연탄을 쟁여 놓고 있는 품이 제법 거창하기까지 해서 김포쌀상회의 눈에 뜨이는 성공은 동

● 싸전: 쌀과 그 밖의 곡식을 파는 가게.

네 사람들을 놀라게 하였다. 충청도 산골 마을에서 야망을 품고 상경한 이들 내외는 품팔이로 번 돈을 모아 사 년 전, 원미동에 어엿하게 김포쌀상회를 내었다. 처음엔 고향 동네의 쌀을 받아다 파는 정도에 불과했지만 다음 해에는 연탄 배달까지 일을 벌일 만큼 내외간이 모두 억척스럽고 성실한 일꾼이었다. 성품 또한 모난 데 없이 두루뭉술하여 어른 알아볼 줄 알고 노상 웃는 얼굴이어서 원미동 사람들에게 고루 인정을 받고 있었다. 그래서 김포슈퍼의 개업일에는 많은 사람들이 부러 찾아가서 과자 한 봉지, 두부 한 모라도 사 주면서 부지런한 내외의 앞날을 격려해 주었다. 김포슈퍼가 개업 기념으로 돌린 수수팥떡이 두 시루도 넘었다는 말을 입증하기나 하려는 듯 그날은 아이들마다 모두 입가에 팥고물을 묻혀 놓고 있었다. 큰길가의 번듯한 슈퍼마켓은 아니지만 그래도 옹색한 꼴은 면한 가게를 꾸며 놓고서 내외간이 어찌나 벙싯벙싯 웃어 대는지 보기만 해도 배가 부르더라고, 이웃의 세탁소 여자가 사람들마다에 귀띔을 해 주기도 하였다.

  이제 그들은 그 큰 가게를 꾸려 나가면서 더욱 착실히 돈을 모을 것이라고 강남부동산의 고흥댁 같은 이는 경호네의 성공을 여간 부러워하지 않았다. 원미동 거리에서는 하기야 모처럼 보게 되는 사업 확장인 셈이었다. 겨울철 추운 날씨가 제아무리 기승을 떤다 해도 손님만 북적거리면 누군들 유선 방송의 흘러간 중국 영화에나 매달려 있을까. 봄가을 잠시 반짝 일손을 재촉하고 나면 그뿐인 원미지물포나, 필름 현상이 고작인 행복사진관이나, 건전지나 형광등 몇 개 파는 정도인 써니전자 주인들이 썰렁한 가게를 놓아 두고 방구석에만 처박혀 있는 것도 다 까닭이 있어서였다. 우리정육점이야 어쩌네저쩌네 해도 돼지고기 반 근짜리 손님이나마 •해거름에는 심심찮게 모여드니 돈이 아쉽지는 않겠지만 겨울엔 파마 머리가 잘 안 나온다고 서울미용실마저 드라이 손님 몇에 매달려 난로의 연탄만 축내고 있는 형편이었다. 요새야 원미동 거리 어느 가게나 다 그렇지만 특히 강남부동산은 아주 죽을 지경이었다. 벌써 몇 년째, 그 좋던 벌이는 다 옛말이고 말 그대로 •파리만 날리고 있는 형편이 언제 나아질지 그것조차 까마득했다.

"복덕방 벌이가 시방처럼 가겟세도 못 당헐 것 겉으면 누구라고 문 열어 놓을랍디여. 인자부터 애들도 여의고 돈 쓸 일이 널린 판인디 돈줄이 이러코롬 꽉 막혀 부렀으니 사람 환장하제이. 이런 판에 경호네 집은 참말 어쩐 일인가 몰라. 인자 막 돈줄이 붙는갑소. 운이 닿으니 저렇제. 안 그려 봐, 암만 머리 싸매고 덤벼도 어림없지."

고흥댁 말대로 김포슈퍼의 경호네 앞날은 가히 풍년의 조짐이 보이기도 하였다. 싹싹한 경호 엄마는 백 원짜리 꼬

• 해거름: 해가 서쪽으로 넘어가는 일. 또는 그런 때.
• 파리(를) 날리다: '영업이나 사업 따위가 잘 안되어 한가하다'라는 의미의 관용구.

마 손님한테도 일일이 뻥튀기 한 장씩을 선물로 주었다. 입에다가는 언제나 어서 오세요, 안녕히 가세요, 감사합니다를 매달아 놓았고 까다로운 사람이 와도 활짝 웃는 낯에 고분고분 응대하여 곧잘 비위를 맞추었다. 경호 아버지는 겨울철이라 밀려드는 연탄 주문으로 신새벽부터 해거름까지 눈코 뜰 사이 없었다. 연탄 배달 틈틈이 쌀 배달도 지체 없이 해치우고 야채를 받아 오기 위해 신나게 자전거 페달을 밟고 큰 시장으로 내달리는 모습은 일견 대견하게까지 보였다. 생필품 외에도 채소며 과일을 종류대로 팔고 있는 터라 가게는 그럭저럭 매상이 오르는 눈치였다. 시장이 먼 탓에 어지간한 찬거리는 가게에서 구입하는 원미동 여자들 사이에 김포슈퍼 부식값이 시장 상인들보다 오히려 싼 편이며 채소나 과일들도 모두 싱싱하고 질이 좋더라는 소문이 퍼 돌기 시작한 것은 개업 후의 며칠 만의 일이었다.

바로 그 무렵, 원미동 여자들은 형제슈퍼의 김 반장이 가게 앞 공터에 수백 장씩 연탄을 부리는 현장을 목격하였다. 또, 형제슈퍼의 간이 창고 구실을 하던 입구의 천막 속엔 쌀과 잡곡들이 제각기 망태기에 담겨져 있고 그 옆에 돌 고르는 석발기까지 덜덜거리며 돌아가는 모습도 목격하였다. 물론 형제슈퍼는 쌀과 연탄을 취급하던 가게가 아니었다. 과일이나 야채·생선을 비롯하여 생활필수품들을 파는 구멍가게에 불과한 규모이긴 해도 이름만은 곧잘 '슈퍼'로 불리던 그런 가게였었다. 형제슈퍼가 느닷없이 쌀과 연탄을 벌여

놓고 빨간 페인트로 '쌀·연탄'이라고 쓴 어엿한 입간판까지 내다 놓은 것은 누가 뭐래도 김포슈퍼의 개업과 발을 맞춘 것임이 분명하였다.

"우리도 연탄 배달합니다. 거기다 또 대리점 대우라서 한 장에 이 원씩 싸게 드립니다요. 쌀이라면 우리 고향 쌀, 아시지라우? 계화미, 호남평야의 일등품만 취급하니까 한번 잡숴만 보세요. 틀림없다구요."

김 반장이 만나는 동네 사람들마다에게 쏟아 놓는 대사였다. 아니, 부러 가게 앞에 나와 서서 짐짓 쾌활한 얼굴과 목소리로 자신만만하게 단골들을 설득하였는데, 사람들은 그제서야 형제슈퍼와 김포슈퍼의 간격이 일백 미터도 채 못 된다는 사실을 깨달았다. 그리고 김포에서 쌀과 연탄만을 취급했을 때는 모두 김 반장의 형제슈퍼에서 물건을 샀다는 사실도 깨달았다. 모두들 경호네의 눈부신 발전에만 정신이 팔려서 깜박 김 반장을 잊고 있었던 것이다.

김 반장은 이제 스물여덟의, 역시 싹싹한 총각이었으며 23통 5반을 손바닥 안에 꿰뚫고 있는 반장 직책을 가지고 있었다. 때문에 동네의 잡다한 사건에 그가 끼이지 않는 법이 없었고 원미동 거리에서 가장 자주 듣게 되는 높다란 전라도 사투리도 틀림없이 그의 음성일 게 확실한, 이 동네의 대변자이기도 하였다. 그의 형제슈퍼에는 네 명의 어린 동생과 다리 골절로 직장을 잃은 아버지와 잔소리가 많은 어머니, 또한 팔순의 할머니가 매달려 있었다. 식구가 복잡한

만큼 가게도 복잡하여 누구 말대로 없는 것 빼고는 다 있는 만물상임은 틀림없지만 기득권을 가진 가게답게 적잖이 무질서하고 부식의 신선미도 떨어지는 편이어서 사람들은 알게 모르게 깔끔하고 정돈되어 있는 김포슈퍼 쪽으로 발길을 돌렸던 것이다. 뭐든 새것이 역시 새 맛으로 좋은 법이었다. 그렇다고는 해도 김 반장이 그처럼 재빠르게 쌀과 연탄을 팔겠다고 나설 줄은 몰랐었다. 아는 사람은 다 아는 일이지만 지난가을 김 반장은 작은 짐차를 하나 샀다가 한 달도 못 되어 사고를 저질러 그 뒷수습에 바짝 쪼들리고 있는 중이었다. 물건도 실어 나르고 채소나 과일은 산지에서 밭떼기를 해 볼 작정으로 모아 놓은 장가 밑천을 다 털어서 차를 샀던 것인데 그만 사람을 다치게 한 것이었다. 합의를 보고, 피해자 보상해 주고, 이것저것 •뒷갈망을 하는 데 차는 물론이요 빚도 수월찮게 얻었다는 내막을 동네 사람들은 알고 있었다. 그런 처지에 빚돈을 얻어 싸전을 벌이고 연탄까지 팔겠다고 나서다니, 지물포 주 씨 말대로 제 죽을 구멍 파는 미련한 짓이라고 욕을 먹을 만도 하였다. 경호 아버지가 쌀과 연탄을 도맡아 대고 있는 줄 번연히 알면서 말이다.

"김포슈퍼요? 아, 난 상관없어요. 우리도 연탄 배달 쌀 배달 다 하는데요. 무작정이 아니라구요. 관에다 허가받고 시작한 장사인데 나라고 왜 못 해요?"

말은 요만큼 하여도 그동안 김 반장이 얼마나 끙끙 앓았

• 뒷갈망: 일의 뒤끝을 맡아서 처리함.

는지 짐작할 만하였다. 비어 있는 점포에 구멍가게가 들어설까 봐 가게 계약 건수만 있으면 강남부동산을 번질나게 드나들곤 하던 김 반장이었다. 김포쌀상회가 김포슈퍼로 도약하여 자신의 목을 조를 줄은 생각도 못 했을 것이다. 어디거나 동네의 조그마한 구멍가게가 대상으로 하는 지역은 암암리에 지정되어 있는 터, 같은 업종의 가게가 새로 문을 열 때는 일정 거리 이상을 유지하는 게 상호 간의 예의라는 형제슈퍼의 김 반장 이론은 분명히 옳았다. 우리 가게 하나도 제대로 소화시키지 못하는 조그마한 구역에 똑같은 구멍가게가 마주 보고 앉아서 어쩌자는 것이냐고, 다 같이 죽자는 모양인데 나는 못 죽어 주겠다, 옛정을 봐서 우리 연탄이나 쌀도 팔아 줘야 할 게 아니냐, 가격도 싸고 품질도 월등 좋은데…….

김 반장은 원미동 거리에 서서 입이 닳도록 외웠다. 김 반장의 어머니도, 김 반장의 허리 꼬부라진 할머니도 동네 여자들을 향해 "우리 연탄도 좀 때요. 이번 참엔 우리 것 좀 들여놓아, 꼭!" 하며 우겨 대었다.

팔순을 넘긴 김 반장 할머니는 꼬부라진 허리를 아랑곳 않고 추위를 피해 종종걸음 치는 아낙네들 뒤를 따라가면서까지 외워 댔다.

"우리 것도 팔아 주랑게…….."

참말로 딱하게 된 것은 원미동 여자들이었다. 이제까지 대놓고 쓰던 경호네를 나 몰라라 하고 김 반장한테 돌아설

수가 없는 것이, 김포슈퍼 개업일 때 무심코 던진 말들을 기억하고 있는 탓이었다.

"모쪼록 잊지 말고 들러 주십시오. 성의껏 모시겠습니다."

허리 굽혀 인사하면서 은박지 쟁반에 담긴 팥떡을 나누어 주던 경호네한테 누구라 할 것 없이 덕담처럼 던진 말이 있었다.

"다른 건 몰라도 쌀 안 먹고 연탄 안 때고 살 수는 없으니까 경호네를 잊고 살 수는 없지."

딱히 그것뿐이라면 또 모른다. 듣기 좋은 말만 뜯어먹고 살 수 있는 세상은 아니므로 그깟 덕담쯤이야 인사치레로 돌릴 수도 있었다. 하지만 김포슈퍼에 들를 때마다 은근히 얹어 주던 덤이며, 찾아 줘서 고맙다고 손에 쥐여 주던 빨랫비누 한 장씩을 누구라도 한 번씩은 받게 마련이었으므로 입 싹 씻고 돌아서기가 여간 난처한 게 아니었다.

일이 이쯤에 이르자 김 반장이 쌀과 연탄을 벌인 게 잘못이라는 사람들도 있고 애초에 김포슈퍼로 가게를 확장한 경호네가 잘못이라는 사람들도 생겨났다. 그렇지만 어느 쪽도 딱 부러지게 죽을죄를 진 것은 아니었다. 모두 다 살기 위하여, 어쨌거나 한번 살아 보기 위하여 저러는 것이었으므로 애꿎은 동네 사람들만 가게 가기가 심란스러워진 셈이었다.

"김 반장 말도 맞아. 어쩔까. 이번에는 형제슈퍼에서 연탄 백 장 들여놓아야 할까 봐."

우리정육점 안주인이 처음으로 김 반장에게서 연탄을 샀

다. 형제슈퍼 코앞에 우리정육점이 있었다. 서로서로 가게를 열고 있는 처지라서 딱해 죽겠다던 이였다.

"할 수 없잖아. 김포 몰래 우리도 이십 킬로그램짜리 쌀 *팔았어. 괜히 경호 아버지 눈치가 보이고, 참말 내 돈 내고 쌀 팔면서 무슨 죄를 짓는 것처럼 이게 뭐야."

써니전자의 시내 엄마도 이마를 찌푸렸다.

"이번에는 김포, 다음에는 형제, 그렇게 하면 되잖아요."

64번지 새댁이 공평한 결론을 내리는가 했더니 고흥댁이 "그럼 계란이니 두부니 라면도 일일이 나눠 갖고 사러 다닐 꺼여? 아이구, 난 이젠 늙어서 기억력도 모자라는디 헷갈려서 그 짓 못 혀" 하며 고개를 설레설레 흔들었다. 딴은 그러했다. 김포에서 대어 먹던 쌀이나 연탄을 가끔씩이나마 김 반장에게로 거래를 옮긴다면 형제슈퍼에서 사 오던 부식이나 잡다한 일용품들도 이쪽저쪽 공평하게 사러 다녀야 할 판이었다. 어느 쪽으로 가나 한쪽의 눈총이 뒤통수에 달라붙어 있기는 마찬가지겠지만 섣불리 굴었다간 괜히 이웃 간에 정만 날 것이고 하여간 난처한 일이었다.

일은 그게 다가 아니었다. 김포슈퍼에서는 또 가만 앉아 당할 수가 없으니 그들 내외는 머리를 짜내어 모든 물건의 가격을 일이십 원꼴로 낮추어 팔기 시작하였다. 형제슈퍼에서 180원 하는 과자는 170원으로, 300원짜리는 280원으로 내려 받으면서 저울 눈금으로 파는 채소까지 후하게 달

• 팔다: 돈을 주고 곡식을 사다.

아 주었다. 뿐이랴. 계란 두 줄을 사면 하나를 덤으로 주고 형제에서 천 원에 스무 개씩 귤을 팔면 김포는 스물 세 개를 담아 주었다. 500원에 세 개들이 비누를 형제슈퍼에서 산 누구는 김포에서 450원에 판다는 귓속말을 듣자마자 가서 비누를 물리기도 하였다. 뒤통수에 달라붙은 눈총이야 모른 척하면 그만이지만 당장 잔돈푼이 지갑 속으로 떨어져 들어오는 데야 김포슈퍼로 치달리는 걸음에 의혹이 있을 수가 없었다.

 김 반장은 그럼 두 손을 늘어뜨리고 구경만 할 것인가. 제까닥 김포슈퍼보다 십 원씩 더 가격을 내리고 저울 눈금도 마냥 후하게 달았다. 스무 개짜리 귤은 아예 스물 다섯 개씩 팔아넘기니 한 박스 팔아도 본전 건지면 천만다행인 장사가 시작된 셈이었다. 새해 들면서 김포와 형제의 *공방전이 여기에 이르자 오히려 살판난 것은 동네 여자들이었다. 구입할 게 많다 싶으면 세 정거장쯤 떨어져 있는 시장으로 가던 여자들이 시장 발걸음을 끊은 것도 새해 들어서의 버릇이었다. 굳이 시장에 갈 일이 없었다. 어지간한 것은 모두 형제나 김포에 있었고 바겐세일이라도 이만저만 파격 세일이 아닌 까닭이었다.

 "워메, 그게 콩나물 이백 원어치여? 시상에 난 김포가 더 싼 줄 알았더니 김 반장네가 훨씬 많구만그려."

 어느 날 고흥댁이 소라 엄마의 손에 들린 콩나물의 부피

● 공방전: 서로 공격하고 방어하는 싸움.

에 입을 쩍 벌린 것도 무리는 아니었다. 시장에 가더라도 오백 원어치꼴은 실히 될 만한 양이었기 때문이었다.

"아녜요. 연탄은 김포가 더 싸요. 난 어제 백 장 들였는데 오백 원이나 깎아 주고 플라스틱 바구니까지 얹어 주던걸요."

소라 엄마가 소곤소곤 정보를 일러 주고 가자 이번에는 원미지물포 안주인이 아이들에게 초콜릿을 물리고 오면서 또 소곤거린다.

"어쩌려고 저러는지. 이백 원짜리 초콜릿을 김 반장은 백오십 원에 팔드라니깐요. 떼 온 값도 안 되게 막 팔아넘긴대요. 이판사판이래요."

그러면 고흥댁은 정말 헷갈리기 시작하는 것이다. 아까까지만 해도 김포에서 적어도 삼십 원은 싸게 샀다고 자부한 판인데 잠깐 사이에 형제에서는 오십 원이나 싸게 팔고 있다니 어느 쪽으로 가야 이익일는지 계산하기가 썩 어렵잖은가 말이다. 그러잖아도 지난번에 형제슈퍼에서 산 비누를 물리고 그 즉시로 김포슈퍼에서 싼값으로 비누를 샀다고 해서 동네 여자들 구설수에 올라 있는 고흥댁이었다. 한마디로 너무 노골적이라는 비난이었는데 그깟 몇십 원 때문에 당장 산 물건을 되물리는 법이 어디 있느냐는 거였다. 이쪽저쪽을 다니더라도 좀 눈치껏 하지 않고 너무 표 나게 굴었던 까닭이었다. 고흥댁도 말귀를 알아들었다. 싸게 주는 쪽으로 가는 것이야 말리지 않지만 요령껏, 어느 쪽이 더 싼지 눈치를 살핀 후에 행동에 옮기라는 말일 것이었다. 말귀는 알아들었다 해도 번번이 한 수 뒤처지는 것이 고흥댁은 여간 억울하지 않았다. 아까 콩나물만 해도 그랬다. 김포 콩나물이 엄청 양이 많더라고 오전에 이미 소문을 들었던 터라 경호네한테 가서 이백 원어치를 한 봉투 받아 왔었다. 역시나 흡족할 만큼 많이 뽑아 주어서 내심 기분이 좋았는데 잠시 후에 보니 소라 엄마는 김 반장네에서 훨씬 많은 콩나물 봉투를 들고 오는 게 아닌가. 그래서 괜히 자기만 손해 보았다고 지물포 여자한테 하소연을 좀 했더니 단박에 •머퉁이만 돌아오고 말았다.

"아이구 아줌마도 손해는 무슨 손해요? 김포에서 받은 것도 이백 원어치 곱절은 됐을 텐데, 안 그래요?"

말을 듣고 보니 맞는 소리였다. 눈치를 잘 보아서 김 반장한테로 갔으면 더 이익은 봤을망정 손해는 아니었으니까.

"그나저나 고래 싸움에 새우 등 터진다는 옛말은 다 틀린 말여. 고래들이 싸우는 통에 우리 같은 새우들이 먹잘 게 좀 많은가 말여."

그러나 고흥댁의 그럴싸한 옛말 풀이는 1월이 거지반 지날 무렵부터 서서히 모양새가 바뀌어 가기 시작했다. 유난히도 날씨가 맵지 않아 집집마다 김장김치들이 부글부글 •괴어오르던 정월이었다. 서울미용실 옆으로 비어 있는 점포가 서

- 머퉁이: '꾸지람'의 방언.
- 괴어오르다: 술, 간장, 초 따위가 발효하여 거품이 부걱부걱 솟아오르다.

너 개 있었다. 원래가 이 동네는 허울 좋은 상가 주택만 즐비한 터여서 가게는 비워 놓고 방만 세 들어 있는 수도 많았다. 집을 지었다 하면 약속이나 한 듯 아래로는 가게를 두 칸 내고 이 층에 살림집을 올리는 식이었다. 게다가 기왕의 주택이나 연립 주택들마저 아래층은 개조를 해서까지 점포를 만들었다. 요즘에 와서야 수요가 없는 점포는 오히려 단칸방 월세보다 시세가 없다는 사실을 깨닫긴 한 모양이었지만 어쨌든 지난 사오 년 사이의 원미동 23통 거리는 상가 주택이 대유행이었다. 시청을 끼고 있어서 몇 년 지나지 않아 한몫 하려니 했던 기대는 완전 물거품이 된 셈이었다. 시청 정문 앞이라면 혹시 몰라도 이만큼 한 행보 멀어져 있고서는 어느 세월에 상가가 조성될지 아득하기만 했다.

다른 데는 어쨌거나 영세한 꼴이나마 점포들이 문을 열었어도 서울미용실 옆의 상가 주택들이 비어 있는 까닭은 앞이나 옆이 모두 공터인 탓이었다. 소방 도로를 끼고 꺾어 돈 자리에 앉아 있는 서울미용실까지는 그럭저럭 큰길에서 내다보이는 이점이 있지만 그다음부턴 도무지 무엇을 벌여도 밑천 잘라먹기가 예사인 점포들이었다. 그래서 이것저것 퍽도 많은 종류의 가게들이 철새 날아오듯 문을 열었다 닫았다 하였는데 그중의 한 가게에서 별안간 '싱싱청과물'이란 간판을 내건 것이었다.

「일용할 양식」을 감상한 내용을 바탕으로 다음 활동을 해 봅시다.

1. 다음 중 이 글의 내용과 일치하지 않는 것을 골라 ✓ 표시를 해 봅시다.

   ☐ 김포슈퍼는 쌀과 연탄만 팔았다가, 생활용품까지 확장해 팔게 되었다.
   ☐ 형제슈퍼의 김 반장은 교통사고 때문에 어려운 상황에 처해 있었다.
   ☐ 형제슈퍼의 김 반장은 서울로 가게를 이전하려고 준비하고 있었다.
   ☐ 동네 사람들은 김포슈퍼와 형제슈퍼 중 물건을 어디에서 살지 고민했다.

2. 다음 빈칸을 채우며 이 글의 사회·문화적 배경을 파악해 봅시다.

동네의 경제 배경	가게가 많은데 경쟁이 심하고, 손님은 부족한 상황이다.
사람들의 생활	
가게 간 갈등 이유	

3. 앞으로 '싱싱청과물'과 '김포·형제슈퍼' 사이에 어떤 일이 벌어질지 상상해 봅시다.

> 현대 도시의 아파트에서 계단을 오르내리는 사람의 이야기를 담은 짧은 소설입니다. 왜 이 사람이 '셰르파'처럼 계단을 오르게 되었는지 살피며 글을 읽어 봅시다.

아파트먼트 셰르파

이기호

이번엔 17층이었다. 한 층에 계단이 열아홉 개씩 있으니까 17층이면 삼백이십 개가 넘는 계단이었다. 이제 진짜 이놈의 아르바이트를 그만둘 때가 된 것 같다. 오늘까지만, 오늘까지만……. 그런 생각으로 나는 가게 문을 나섰다. 오늘만 벌써 아홉 번째 배달이었다. 다리가 저절로 후들거렸다.

고시원비라도 조금 보태 볼까, 시작한 아르바이트였다. 제대 후 학교에 복학해 보니 기숙사 순번이 돌아오지 않았다. 그렇다고 면 소재지 장터 한 귀퉁이에서 작은 •종묘사를 운영하는 아버지에게 차마 서울의 어마어마한 자취방 보증금까지 부탁할 순 없었다. 그렇게 해서 찾은 아르바이트였다. 고시원과 같은 건물 1층에 있는 '만나' 치킨집 배달 아르바이트 모집 공고, 거기에 적혀 있는 시급 육천 원 글씨만

• 종묘사: 식물의 씨앗이나 모종을 파는 가게.

보고 무작정 문을 열고 들어간 것이었다.

"근데, 사장님. 여긴 원동기 운전면허 자격증 없어도 되나요?"

저녁부터 바로 출근하라는 오십 대 중반의 머리가 약간 벗겨진 사장에게 나는 조심스럽게 물었다.

"뭐, 우린 바로 앞에 있는 아파트 단지만 배달하라는 거라서…… 체력은 괜찮지?"

내 실수라면 그때 사장의 말 속에 숨겨진 의미를, 거기에 생략된 진실을 바로 알아차리지 못한 데 있었다.

에둘러 말할 것도 없이 '만나' 치킨집 앞, 총 800가구가 거주하는 25층 높이의 '행복 아파트'는 배달 사원들의 승강기 사용을 일절 금하고 있었다. 아파트 1층 엘리베이터 옆에 그런 경고문이 붙어 있었다.

당 아파트에 출입하는 배달 사원들로 인해 주민들의 이용 불편과 승강기 유지 관리비가 발생하므로…… 반드시 계단을 이용해…….

처음 그 경고문을 보고 이게 뭔가, 나는 잠깐 멍하니 서 있었다. 그러다가 마침 문이 열린 엘리베이터에 반사적으로 몸을 실었다. 첫 배달은 11층이었다. 에이, 뭐 별일 있으려고. 누가 보는 것도 아닌데……. 하지만 그런 내 생각은 배달에서 돌아오자마자 여지없이 깨져 버렸는데, 사장이 사뭇 미안한 얼굴로 "거, 엘리베이터 탔구나? 경비실에서 CCTV로 다 보고 있어. 그러면 안 돼"라고 말했기 때문이었다. 그제야 나는 사장이 면접 자리에서 체력 운운한 이유를 깨닫게 되었다.

　나는 좀 당황했지만, 첫날이니까 아무 생각 없이 무작정 뛰어다니기만 했다. 생각할 겨를도 없이 12층에서 9층으로, 4층에서 다시 21층으로⋯⋯. 자정 무렵 마지막 배달을 마칠 때까지 나는 뛰고 또 뛰고, 오르고 또 올랐을 뿐이었다. 그렇게⋯⋯ 두 달 넘도록 아르바이트를 했다.

　그 두 달 동안 나는 치킨 배달 아르바이트가 아닌, 흡사 히말라야 산악인들을 위한 셰르파가 된 심정이었다(언젠가 한번은 18층까지 낑낑거리며 올라갔더니 내 또래 젊은 여자가 "어머, 우리는 프라이드 아니라 양념 시켰는데요?"라면서, 다시 갖다 달라고 한 적이 있었다. 나는 그때 그 여자 앞에 무릎 꿇고 '제발 그냥 프라이드 먹으면 안 될까요?' 두 손 모아 빌 뻔했다).

　퇴근해서 고시원 작은 침대에 누우면 계단이 눈앞으로 일어서는 듯한 환영이 보이기도 했다. 사장이 퇴근할 때마다 주는 생맥주 한 잔에 속아서 참아 온 두 달이었다. 하지만 이젠 더 이상 못 버틸 것 같았다. 그놈의 엘리베이터, 그놈의 계단⋯⋯.

　마지막 배달이라고 생각하면서 다시 계단을 오르려고 할 무렵, 엘리베이터에서 마흔쯤 되어 보이는 남자가 내렸다.

　"저기 1702호 배달 가시죠? 주세요. 제가 갖고 올라갈게요."

　남자는 치킨값을 내밀면서 말했다. 나는 머뭇거리다가 남자에게 치킨을 내밀었다.

"앞으로 저희 집 배달은 여기 엘리베이터 앞으로 오시면 됩니다."

남자는 나에게 꾸벅 고개까지 숙인 후, 다시 엘리베이터 앞으로 돌아섰다.

나는 왠지 조금 •울적한 기분에 사로잡혔다. 가게로 돌아가려고 몇 걸음 떼던 나는 그때까지 엘리베이터를 기다리고 있던 남자에게 말을 건넸다.

"이게 왜…… 이런 일들이 생긴 거죠?"

갑작스러운 내 질문에 남자는 조용한 목소리로 이런 말을 했다.

"글쎄요. 아파트에 사니까 아파트만 생각해서 그런 거 아닐까요?"

남자는 그 말을 남긴 채 엘리베이터 안으로 사라졌다.

• 울적하다: 마음이 답답하고 쓸쓸하다.

「아파트먼트 셰르파」를 감상한 내용을 바탕으로 다음 활동을 해 봅시다.

1. 빈칸에 알맞은 말을 넣으며 이 소설에 나타난 현대 사회의 모습을 정리해 봅시다.

대학생들의 경제적 어려움	'나'는 제대 후 복학했지만 ☐ 순번이 돌아오지 않아 ☐ 에서 생활한다.
노동 환경의 문제	'행복 아파트'는 배달 사원들의 ☐ 사용을 금지하여 ☐ 만 사용하도록 강요한다.
계층 간 갈등	아파트 주민들과 ☐ 사이의 이해관계 충돌이 나타난다.

2. 이 소설에 나타나는 사회 문제를 분석해 봅시다.

- 아파트에서 배달 사원의 승강기 사용을 금지한 이유를 찾아봅시다.

- 1702호 남자의 다음 말에 담긴 의미를 바탕으로 이 작품의 창작 의도를 추측해 봅시다.

  "아파트에 사니까 아파트만 생각해서 그런 거 아닐까요?"

나가며

  지금까지 우리는 여러 시대의 다양한 문학 작품을 통해 사회·문화적 상황이 문학에 어떻게 반영되는지 살펴보았습니다.

  「하여가」와 「단심가」에서는 고려 말 왕조 교체기의 정치적 갈등 상황에서 현실적 선택과 절의 사이의 가치관이 충돌하는 모습을 극명하게 보여 주었죠.

  「꽃덤불」에서는 광복 직후 남북 분단과 이념 대립의 현실 속에서도 통일된 조국에 대한 간절한 희망을 노래했고, 「수난이대」에서는 일제 강점기 징용과 6·25 전쟁이라는 역사적 비극 속에서 부자가 함께 상처를 입고도 서로 의지하며 살아가려는 의지를 확인했습니다.

  「산에 언덕에」에서는 4·19 혁명으로 희생된 젊은이들을 추모하며 그들의 민주주의 정신이 영원히 살아갈 것임을 다짐했습니다.

  「마음 우물」에서는 급속한 산업화로 변해 가는 현실 속에서 사라져가는 것들에 대한 그리움과 함께 변하지 않는 마음의 소중함을 깨닫게 해 주었습니다.

「일용할 양식」에서는 하루하루를 버티기 위해 애쓰며 때로는 갈등하는 평범한 사람들의 삶을 생생하게 표현했습니다. 1980년대에 쓰인 작품이지만 오늘날에도 이와 비슷한 일은 여전히 일어나고 있습니다.

「아파트먼트 셰르파」에서는 현대 사회의 계층 갈등과 경제적 불평등, 공동체 의식 부족 문제를 아파트라는 공간을 통해 생생하게 그려냈습니다.

어땠나요? 단순히 작품의 내용만 파악하는 것이 아니라 이렇게 각 시대의 사회·문화적 상황과 연결해서 읽으니 작품 속 인물들의 행동과 감정, 작가의 창작 의도가 훨씬 더 깊이 있게 이해되지 않았나요?

앞으로 여러분이 문학 작품을 만날 때도 그 작품이 쓰인 시대 배경을 함께 생각해 보세요. 작품 속 갈등과 고민이 그 시대만의 문제가 아니라 오늘날 우리가 겪는 문제와도 연결되어 있다는 걸 발견하게 될 거예요. 과거의 이야기를 통해 현재의 우리 모습을 돌아보고, 더 나은 미래를 만들어 갈 지혜를 얻는 것. 그것이 바로 문학이 우리에게 주는 가장 소중한 선물일 것입니다.

4부

수능 맛보기

수능 맛보기

[1~2] 다음 시를 읽고 물음에 답하시오.

(가) 오십 리 길 짐차에 실려 왔어유
  멀미도 가시기 전에
  낯선 거리 쏴댕기면서
  지 몸 살 사람 찾고 있지유
  ㉠목마름은 이냥저냥 견딜 수 있슈
  헌디, 볼기짝 쥐어뜯으며
  살결이 거칠다느니
  단맛이 무르다느니 허진 말어유
  지 몸이 그냥 지 몸인가유
  이만한 몸뗑이 하나 살리기 위해서두
  ㉡하느님 손 농부 손 고루 탔어유
  그러니께 지폐 한 장으루다
  우리 식구 사돈에 팔촌까지 두루 사 가는 선상님들
  몸값이나 후하게 쳐주셔야겠슈

(나) ㉢자라면 뭐가 되고 싶니
  의자가 되고 싶니
  누군가의 책상이 되고 싶니
  밟으면 삐걱 소리가 나는
  계단도 있겠지
  그 계단을 따라 올라가는 다락방
  별빛이 들고 나는 창문틀도 있구나
  누군가 그 창문을 통해 바다를
  생각할지도 몰라
  수평선을 넘어가는 목선을 그리워할지도 몰라

바다를 보는 게 꿈이라면
배가 되고 싶겠구나
어쩌면 그 무엇도 되지 못하고
아궁이 속 장작으로 눈을 감을지도 모르지
잊지 마렴 한 줌 재가 되었지만
㉣넌 그때도 하늘을 날고 있는 거야
누군가의 몸을 데워 주고 난 뒤
춤을 추듯 피어오르는 거야
하지만, 지금은
다만 내 잎사귀를 스치고 가는
저 바람 소리를 들어 보렴
너는 지금 바람을 만나고 있구나
바람의 춤을 따라 흔들리고 있구나
㉤지금이 바로 너로구나

1. (가), (나)의 화자가 지닌 공통점으로 적절한 것은?

① 지역 방언을 써서 친밀하고 토속적인 시의 분위기를 형성한다.
② 의인화된 존재로 대화를 나누듯 말을 건네어 존재의 소중함을 드러낸다.
③ 삶의 어려움을 토로하면서도 잠재된 가능성을 중시하며 미래 지향적인 태도를 보인다.
④ 장터에 팔리는 농산물의 관점에서 현실적이고 구체적인 생활의 모습을 드러낸다.
⑤ 삶의 경험을 솔직하게 서술함으로써 타인을 위해 희생하는 삶의 가치를 깨닫게 한다.

2. ㉠~㉤에 대한 이해로 적절하지 않은 것은?

① ㉠: 트럭에 실려 다니는 농산물의 수분이 마르고 있는 상황을 보여 준다.
② ㉡: 식물이 자라기 위해 자연과 사람 모두의 노력이 필요함을 의미한다.
③ ㉢: 나무에게 자라서 무엇이 되고 싶은지 물어보는 말이다.
④ ㉣: 하늘을 날기 위해서라면 모든 것을 포기할 수 있음을 나타낸다.
⑤ ㉤: 지금 현재의 존재 자체로도 충분히 소중하고 의미 있음을 드러낸다.

해설

1번 문제

유형 분석
수능에서는 주제나 화자, 시의 표현 등이 유사한 시 작품을 묶고, 각 작품의 공통점이나 차이점을 묻는 문제가 출제될 수 있습니다. 1번은 각 시의 화자가 지닌 공통점을 묻는 문항입니다.

정답 해설
정답은 ②입니다. (가)의 화자는 장터에서 팔리기를 기다리는 딸기입니다. 화자는 스스로의 처지를 밝히며 "몸값이나 후하게 쳐주셔야겠슈"라고 말하고 있습니다. 이는 고된 노동을 통해 어렵게 수확한 농산물이 헐값에 팔려 나가는 상황을 비판하며 농부가 해야 할 말을 대신 해 주는 것입니다. 또한 사투리를 사용하여 비판적인 내용을 친밀하고 토속적인 분위기로 유머 있게 전달하고 있습니다. (나)의 화자는 '나무'로 나무에게 말을 건네고 있습니다. 나무가 여러 곳에서 유용하게 쓰일 수 있음을 이야기하며, 설령 장작이 되어 사라지더라도 여전히 의미 있는 존재임을 말하고 있습니다. 두 시는 모두 화자가 대화체로 말을 건네듯이 내용을 전하고 있으며, 각각 딸기와 나무로 평범한 존재이지만 그 존재의 가치를 드러내고 있다는 점이 특징입니다.

2번 문제

유형 분석

수능에서는 시를 적절하게 이해하고 해석할 수 있는지 확인하기 위해 시구의 의미를 묻는 문제가 출제될 수 있습니다. 2번은 시구의 의미를 이해했는지 묻는 문제이면서 화자의 특징이나 화자가 처한 상황을 파악했는지 확인하는 문항이기도 합니다. 내용의 흐름을 파악하며 앞뒤 맥락을 통해 시구의 의미를 적절하게 파악하여 자의적으로 시구를 파악하지 않도록 해 봅시다.

정답 해설

정답은 ④입니다. ㉣은 하늘을 날기 위해서라면 모든 것을 포기할 수 있음을 나타내는 것이 아니라 장작으로 태워져 재와 연기가 되더라도 여전히 의미 있는 존재임을 의미하는 것입니다. 화자는 '나무'에게 건네는 말을 통해서, 장작이 되어 아궁에서 불에 타고 재가 되는 것이 하찮아 보일 수 있지만 그것 역시 의미가 있으며, 모든 것이 현재의 존재 그 자체로 소중하다는 것을 전하고 있습니다.

[3~4] 다음 글을 읽고 물음에 답하시오.

(가) 그렇지만 단 한 번 상을 받을 뻔한 적은 있지. 스스로의 ⊙실수 때문에 못 받은 거니까 누구를 원망할 수도 없지만. 그 실수를 인정하고 내가 받을 상이 남에게 간 것을 바로잡을 수 있었을까. 할 수 있었을지도 몰라. 아버지에게 이야기했다면. 아니면 천수기 선생님한테라도.

왜 안 했을까. 그때 나를 스쳐 가던 그 아이, 그 아이의 표정 때문인지도 몰라. 땟국물이 흐르던 목덜미, 전신에서 풍겨 나던 뭔가 찌든 듯한 그 냄새, 그 너절한 인상이 내 실수와 잘못된 과정을 바로잡는 게 귀찮은 일이라는 생각을 갖게 했을 거야. 어쩌면 그 결과로 한 아이가 가지게 될지도 모르는 씻지 못할 좌절감이 내게도 약간 느껴졌는지도 모르지. 상관없어. 나는 그런 상하고는 담을 쌓고 살아도 행복해.

(나) 그러니까 내 그림은 번호를 착각한 아이의 그림에 못 미치는 그림으로 버려졌던 거야. 입선에도 들지 못하게 완벽하게. 누구의 생각일까. 주 선생님은 아니었어. 심사 위원이 아니니까. 아니, 심사 중에 불려 들어간 것일지도 몰라. 혼란스러워진 심사 위원들이 번호를 확인하고 그게 우리 학교 학생의 번호인 줄 알고 미술반 지도 교사를 오라고 했고…… 그래서 그 모든 것이 주 선생님의 조정으로 이루어졌고, 그래서 이례적으로 주 선생님이 그 결과를 미리 알게 된 것이고…… 그런데 나는 주 선생님 품에 안겨서 울었어! 내가 그리지도 않은 그림을 가지고 상을 탔다고 감격해서, 바보같이, 바보!

나는 가슴이 찢어질 것 같은 통증을 느끼면서 강당을 걸어 나왔어. 열 걸음쯤 떼었을 때 강당 문으로 어떤 여자아이가 걸어 들어왔어. 자주색 원피스를 입고 있었어. 검정색 에나멜 구두를 신고 있었지. 나는 그 여자아이를 지나칠 때 눈을 감았어. 눈을 감은 채 열 걸음쯤 걸어가서 다시 눈을 떴어. / 내가 주 선생님을 찾아가서 말해야 했을까. 이건 내 그림이 아니라고. 다른 사람이 그린 그림이라고. 나는 그 사람만 한 재능이 없다고. ⓒ실수를 바로잡아 달라고. 나는 그렇게 하지 못했어.

3. (가), (나)의 서술상 특징으로 가장 적절한 것은?

① 서술자가 작품 안에서 자신의 경험을 회상하여 서술하고 있다.
② 서술자가 작품 밖에서 작품 속 상황을 객관적으로 서술하고 있다.
③ 서술자가 바뀌며 작품 안과 밖에서 사건의 경위를 상세하게 서술하고 있다.
④ 서술자가 전지적인 입장에서 인물의 생각과 감정을 직접적으로 서술하고 있다.
⑤ 서술자가 작품 안에서 인물의 행동을 관찰하고 인물의 감정까지 추측하여 서술하고 있다.

4. ㉠, ㉡에 대한 이해로 적절하지 않은 것은?

① ㉠은 (가)의 '나'가 자신의 그림에 번호를 잘못 적은 것이다.
② ㉡은 (나)의 '나'가 다른 사람의 그림으로 상을 받게 된 것이다.
③ ㉠으로 인해 (가)의 '나'와 (나)의 '나' 사이에 갈등이 발생했다.
④ (가)의 '나'는 ㉠으로 생긴 결과에 대해 지금도 후회하지 않는다.
⑤ (나)의 '나'는 ㉡으로 생긴 결과로 인하여 마음이 혼란스러워졌다.

해설

3번 문제

유형 분석

수능에서는 소설 지문이 출제될 때에 주어진 부분에 대한 서술자의 특징과 서술상의 표현 방식 등을 이해하고 있는지 묻는 문제가 출제될 수 있습니다. 서술상의 특징을 파악하기 위해서는 기본적으로 서술자가 작품 밖에 있는지, 안에 있는지를 확인하고, 서술자가 등장인물의 심리까지 서술하는지, 행동과 말만 제시하고 있는지, 서술자가 작품에서 어떤 역할을 하고 있는지 등을 파악하는 것이 필요합니다.

정답 해설

정답은 ①입니다. (가)의 서술자인 '나'와 (나)의 서술자인 '나'는 다른 인물이지만, 모두 작품 안에 존재하는 등장인물이며, 자신이 겪은 이야기를 회상하며 당시 있었던 일과 그에 따른 자신의 생각, 감정 등을 서술하여 전달하고 있습니다. ③에서 서술자가 바뀐다는 설명은 맞지만 서술자가 작품 안과 밖에 있다는 서술은 잘못된 설명이므로 적절하지 않습니다.

4번 문제

유형 분석

수능에서는 지문에 제시된 내용을 바탕으로 특정 소재나 표현의 의미 등을 파악하는 문제가 출제될 수 있습니다. 이러한 유형의 문제를 풀 때에는 해당 표현의 의미를 파악하고 그것이 소설 속에서 어떤 기능을 하는지 정확하게 해석해야 합니다. 정확한 해석을 위해서는 지문의 전체적인 내용의 흐름을 이해하고, 특정 부분의 전후 맥락을 고려하여 해당 소재나 표현이 지닌 의미를 깊이 있게 이해하는 것이 중요합니다.

정답 해설

정답은 ③입니다. (가)의 서술자인 '나'와 (나)의 서술자인 '나'는 이전에 서로 알지 못하는 사이였습니다. (가)의 '나'가 자신의 그림에 번호를 잘못 적어 수상자가 바뀌는 일이 발생했지만 (가)의 '나'는 상을 받지 못하는 것에 대해 크게 개의치 않았고, 실수를 바로잡는 것을 귀찮게 여겼습니다. 따라서 수상자가 바뀐 것으로 (가)의 '나'와 (나)의 '나' 사이에 갈등이 발생했다는 설명은 적절하지 않습니다.

[5~6] 다음 시를 읽고 물음에 답하시오.

(가) 별들의 바탕은 어둠이 마땅하다
대낮에는 보이지 않는다
지금 대낮인 사람들은
별들이 보이지 않는다
지금 어둠인 사람들에게만
별들이 보인다
지금 어둠인 사람들만
별들을 낳을 수 있다

지금 대낮인 사람들은 어둡다

(나) 낙타는 혼자 갈 때도
혼자 가는 게 아니다

혹 하나 혹 둘
혹을 업고 간다

더위도 추위도 목마름도
혹이 있어 견딜 수 있다

나도 혼자 가지만
혼자 가는 게 아니다

꿈 하나
꿈 둘

> 아직 멀었지만
> 아직도 가고 있다

5. (가), (나)의 표현상의 공통점으로 적절한 것은?

① 설의적 표현을 통해 주제를 강조하고 있다.
② 겉으로는 모순된 표현을 통해 삶의 진실을 전하고 있다.
③ 먼 곳에서 가까운 곳으로 시선을 이동하며 상황을 묘사하고 있다.
④ 원래 전하고 싶었던 말을 반대로 전하면서 화자의 숨겨진 정서를 드러내고 있다.
⑤ 자연물에 인격을 부여하여 직접 드러내기 어려운 말을 대신 표현하도록 하고 있다.

6. (나)에 대한 이해로 가장 적절하지 않은 것은?

① '아니다', '간다' 등의 단정적 어조가 화자의 확신과 의지적 태도를 드러낸다.
② '혹 하나 혹 둘' 등 단어를 반복하여 화자가 주목하고 있는 중심 소재가 강조된다.
③ '더위도 추위도 목마름도'에서는 화자가 삶의 원동력으로 인식하는 대상이 드러나 있다.
④ '꿈 하나 꿈 둘'에서는 꿈이 하나에서 둘로 늘어나는 점층적 표현이 앞으로 나아가고자 하는 화자의 태도를 보여 준다.
⑤ '아직 멀었지만 아직도 가고 있다'에서 계속 견디며 나아가는 화자의 삶의 태도가 드러난다.

해설

5번 문제

유형 분석

수능에서는 작품의 표현상의 특징을 파악하는 유형의 문제가 출제될 수 있습니다. 이러한 문제를 풀 때에는 밑줄로 제시된 부분, 또는 작품 전체에 나타나는 표현상의 특징과 그 효과를 파악하는 것이 중요합니다. 작품에 활용된 표현 방법으로 역설, 반어, 풍자 등이 중요하게 다루어지니 작품에 역설, 반어, 풍자 등이 활용된 부분을 찾고 그러한 표현이 사용되어 나타나는 효과를 파악해 봅시다.

정답 해설

정답은 ②입니다. (가)에서 "지금 대낮인 사람들은 어둡다"라는 표현, (나)에서 "혼자 가지만 혼자 가는 게 아니다"라는 표현은 역설에 해당합니다. (가)의 경우 밝은 대낮에 있는 사람을 어둡다고 하는 것은 모순된 표현입니다. 하지만 대낮에 있어서 부족한 것이 없는 사람들은 꿈과 희망을 찾을 필요가 없고, 어려움을 겪는 사람들만이 꿈과 희망을 찾기 때문에 밝을 수 있다는 것은 모순된 표현이 담고 있는 삶의 진리에 해당합니다. 또한 (나)의 경우 혼자 가는 것처럼 보이지만 혹을 안고 가는 낙타처럼 혼자 가는 것처럼 보이는 사람도 꿈과 희망을 마음에 품고 간다면 혼자가 아니라는 말은 어려움을 겪고 있는 사람들을 격려하고 삶을 긍정적으로 보게 하는 효과가 있습니다. 이처럼 논리적으로는 모순된 표현 속에 삶의 진실을 드러내는 것이 역설입니다.

6번 문제

유형 분석

수능에서는 화자의 정서가 잘 드러나 있는 부분을 중심으로 시의 내용과 표현상의 특징을 연결 지어 종합적으로 묻는 문제가 출제될 수 있습니다. 주어진 각 부분에 드러난 화자의 정서와 이를 드러내는 표현 방법, 그러한 표현 방법이 사용된 의도나 효과 등을 함께 이해하고 문제를 풀 수 있도록 준비해 봅시다.

정답 해설

정답은 ③입니다. 더위, 추위, 목마름은 낙타를 힘들게 하는 요소로 화자에게 있어서는 삶의 역경을 표현하는 말들입니다. 그리고 이러한 어려움을 이겨 낼 수 있도록 돕는 것이 낙타의 혹입니다. 즉 화자가 삶의 원동력으로 인식하는 대상은 더위, 추위, 목마름이 아니라 혹이므로 더위, 추위, 목마름이 화자의 삶의 원동력이라는 설명은 적절하지 않습니다.

[7~8] 다음 글을 읽고 물음에 답하시오.

　영화 '해리 포터'를 떠올리면 결코 잊지 못할 장면이 하나 있습니다. 열한 살 고아 소년 해리가 '호그와트 마법 학교'에 입학하기 위해 런던 킹스크로스역 벽을 뚫고 들어가던 장면입니다. 아무도 들어갈 수 없는 차단된 벽 속으로 해리가 성큼 발을 내딛고 들어서자 벽 속에는 마법 학교로 가는 특급 열차를 기다리는 아이들이 승강장에서 왁자지껄 떠드는 장면이 펼쳐졌습니다. 저로서는 전혀 상상하지 못한 충격적인 장면이었습니다.

　그것은 벽이 문이 되는 장면이었습니다. 저는 그 장면을 보고 모든 벽 속에는 문이 존재해 있다는 사실을 분명 알게 되었습니다. 벽은 항상 굳게 막혀 이곳과 저곳을 차단함으로써 그 존재 가치를 지니는 것인데, 그 안에 또 다른 세상으로 나갈 수 있는 출구가 존재한다는 사실은 내 인생의 벽에 대해서도 깊게 생각하게 해 주었습니다. 해리 포터의 작가 조앤 K. 롤링만 해도 '해리 포터 시리즈'는 인생의 벽 앞에서 작가 자신이 연 용기의 문이었습니다. 이혼 후 어린 딸을 데리고 생활고에 시달리며 자살까지 생각할 정도로 인생의 벽 앞에 서 있었지만 그녀는 '해리 포터'를 씀으로써 벽을 문으로 만들었습니다.

　돌이켜 보면 저는 제 인생의 벽 앞에서 돌아서는 일이 많았지만 그래도 벽을 문으로 만들려고 노력한 적은 있었습니다. 내 인생의 꿈은 내가 원하는 삶을 사는 것이어서, 내 인생이라는 시간을 내가 주인이 되어 오로지 시를 쓰는 일에 사용하게 되는 것이어서, 잘 다니던 직장을 두 번이나 스스로 그만둔 적이 있었습니다. **(중략)**

　벽을 벽으로만 보면 문은 보이지 않습니다. 가능한 일을 불가능하다고 생각하면 결국 벽이 보이고, 불가능한 일을 가능하다고 보면 결국 문이 보입니다. 벽 속에 있는 문을 보는 눈만 있으면 누구의 벽이든 문이 될 수 있습니다. 그 문이 굳이 클 필요는 없습니다. 좁은 문이라도 열고 나가기만 하면 화합과 희망의 세상이 기다리고 있습니다. 그러나

> 마음속에 작은 문 하나 지니고 있어도 그 문을 굳게 닫고 벽으로 사용하면 이미 문이 아닙니다.
>
> 문 없는 벽은 없습니다. ㉠모든 벽은 문입니다. 벽은 문을 만들기 위해 존재합니다. 벽 없이 문은 존재할 수 없습니다.

7. 이 글을 읽은 독자의 반응으로 적절하지 않은 것은?

① 영화 해리 포터의 장면을 예로 들어 흥미를 유발하고 있군.
② 실제와 매우 유사한 허구적 이야기를 통해 삶의 진실을 효과적으로 드러내고 있어.
③ 독자에게 친숙한 조앤 K. 롤링의 이야기를 통해 추상적인 내용을 이해하기 쉽게 설명하고 있어.
④ 자신이 직장을 그만둔 이야기를 솔직하게 서술하여 글의 내용을 더 친숙하게 느끼도록 하고 있네.
⑤ 이념 간, 세대 간, 계층 간 갈등과 대립이 심한 사회를 비판적으로 바라보며 자신이 지닌 문제의식을 공유하고 있어.

8. ㉠에 대한 설명으로 적절한 것은?

① 반어적 표현을 통해 웃음을 유발하고 있다.
② 문과 벽의 차이점을 은유적으로 표현하고 있다.
③ 같은 문장 구조를 반복하여 글의 통일성을 높이고 있다.
④ 감각적 이미지를 사용하여 내용을 생생하게 전달하고 있다.
⑤ 겉으로는 논리적으로 모순된 표현을 통해 글의 주제를 드러내고 있다.

해설

7번 문제

유형 분석

수능에서는 글의 갈래와 연관되어 글의 내용과 표현 특징을 물어보는 문제가 출제될 수 있습니다. 실제 경험과 글쓴이의 생각을 솔직하고 진솔하게 서술하는 수필, 허구의 이야기를 통해 삶의 진실을 전달하는 소설, 운율과 이미지를 통해 의미를 전달하는 시 등 각 문학 갈래가 지닌 특징을 구체적인 작품과 연결하여 이해하면 이러한 유형의 문제를 쉽게 풀 수 있을 것입니다.

정답 해설

정답은 ②입니다. 이 글은 수필입니다. 수필은 글쓴이의 경험과 생각이 솔직하고 진솔하게 표현됩니다. 이와 달리 소설은 실제와 매우 유사한 허구적인 이야기를 통해 삶의 진실을 드러내는 갈래입니다. 이 작품에서 예로 든 해리 포터 영화와 조앤 K. 롤링의 이야기, 회사를 그만둔 자신의 이야기 등은 모두 실제 존재하는 이야기로 허구가 아니며, 이념 간, 세대 간, 계층 간 갈등과 대립이 심한 사회의 문제 역시 사실입니다. 하지만 ②는 허구성과 진실성을 특징으로 하는 소설에 대한 설명이므로 이 글에 대한 반응으로는 적절하지 않습니다.

8번 문제

유형 분석

수능에서는 지문의 일부를 특정하여 해당 부분이 지닌 의미를 이해하고 표현의 특징과 효과를 파악하며, 그 부분에 드러난 작가의 의도를 추론하게 하는 문제가 출제될 수 있습니다. 밑줄 친 부분의 의미를 파악하기 위해서는 글의 전체 맥락을 이해하고, 특정된 부분의 앞뒤를 꼼꼼하게 읽어 해당 부분의 의미와 표현 방법 등을 파악하는 것이 중요합니다.

정답 해설

정답은 ⑤입니다. '모든 벽은 문입니다'라는 표현은 겉으로는 모순되어 보이지만 벽을 문으로 보는 순간 불가능한 일도 가능해진다는 긍정적이고 도전적인 삶의 진리를 드러내는 표현입니다. 시련이나 한계는 그것을 극복하는 과정을 통해 성장과 발전으로 변화할 수 있다는 것, 벽을 문으로 보았을 때 더 큰 세상을 만날 수 있다는 것, 하지만 벽을 단순하게 장애물로만 인식한다면 앞으로 더 나아가기 어렵다는 글쓴이의 삶의 태도가 '모든 벽은 문입니다'라는 말에 응축되어 있습니다.

※ 다음 글을 읽고 물음에 답하시오.

　여느 날과 다름없이 굴속에서 바위를 허물어 내고 있었다. 바위 틈서리에 구멍을 뚫어서 다이너마이트 장치를 하는 판이었다. 장치가 다 되면 모두 바깥으로 나가고, 한 사람만 남아서 불을 댕기는 것이다. 그리고 그것이 터지기 전에 얼른 밖으로 뛰어나와야 한다. 만도가 불을 댕길 차례였다. 모두들 바깥으로 나가 버린 다음 그는 성냥을 꺼냈다. 그런데 웬 영문인지 기분이 꺼림칙했다. 모기에게 물린 자리가 자꾸 쑥쑥 쑤시는 것이었다. 긁적긁적 긁어 댔으나 도무지 시원한 맛이 없었다. 그는 이맛살을 찌푸리면서 성냥을 득! 그었다. 그래 그런지 몰라도 불은 이내 픽 하고 꺼져 버렸다. 성냥 알맹이 네 개째에야 겨우 심지에 불이 댕겨졌다. 심지에 불이 붙는 것을 보자, 그는 얼른 몸을 굴 밖으로 날렸다. 바깥으로 막 나서려는 때였다. 산이 무너지는 듯한 소리와 함께 사나운 바람이 귓전을 후려갈기는 것이었다. 만도는 정신이 아찔했다. 공습이었던 것이다. 산등성이를 넘어 달려든 비행기가 머리 위로 아슬아슬하게 지나가는 것이었다. 미처 정신을 차리기도 전에 또 한 대가 뒤따라 날아드는 것이 아닌가. 만도는 그만 넋을 잃고 굴 안으로 도로 달려 들어갔다. 달려 들어가서 굴 바닥에 아무렇게나 팍 엎드리고 말았다. 그 순간이었다. 쾅! 굴 안이 미어지는 듯하면서 다이너마이트가 터졌다. 만도의 두 눈에서 불이 번쩍했다.
　만도가 어렴풋이 눈을 떠 보니, 바로 거기 눈앞에 누구의 것인지 모를 팔뚝이 하나 아무렇게나 떨어져 있었다. 손가락이 시퍼렇게 굳어져서 마치 이끼 낀 나무토막처럼 보이는 팔뚝이었다. 만도는 그것이 자기의 어깨에 붙어 있던 것인 줄을 알자 그만 으악! 하고 정신을 잃어버렸다.
　재차 눈을 떴을 때는 그는 폭신한 담요 위에 누워 있었고, 한쪽 어깻죽지가 못 견디게 쿡쿡 쑤셔 댔다. 절단 수술은 이미 끝난 뒤였다.

(중략)

"진수야!"
"예."
"니 우째다가 그래 댔노?"
"전쟁하다가 이래 안 댔심꾜. 수류탄 쪼가리에 맞았심더."
"수류탄 쪼가리에?"
"예."
"음—"
"얼른 낫지 않고 막 썩어 들어가기 때문에 군의관이 짤라 버립디더. 병원에서예."
"……."
"아부지!"
"와?"
"이래 가지고 나 우째 살까 싶습니더."
"우째 살긴 뭘 우째 살아. 목숨만 붙어 있으면 다 사는 기다. 그런 소리 하지 마라."
"……."
"나 봐라. 팔뚝이 하나 없어도 잘만 안 사나. 남 봄에 좀 덜 좋아서 그렇지, 살기사 와 못 살아."
"차라리 아부지같이 팔이 하나 없는 편이 낫겠어예. 다리가 없어 놓으니 첫째 걸어 댕기기에 불편해서 똑 죽겠심더."
"야야, 안 그렇다. 걸어 댕기기만 하면 뭐 하노. 손을 지대로 놀려야 일이 뜻대로 되지."
"그럴까예?"
"그렇다니까. 그러니까 집에 앉아서 할 일은 니가 하고, 나댕기메 할 일은 내가 하고, 그라면 안 되겠나, 그제?"
"예."

(중략)

"진수야, 그만두고, 자아, 업자."
했다.

"업고 건너면 일이 다 되는 거 앙이가. 자아, 이거 받아라."
고등어 묶음을 진수 앞으로 내민다.
"……."
진수는 퍽 난처해하면서, 못 이기는 듯이 그것을 받아 들었다. 만도는 등을 아들 앞에 갖다 대고, 하나밖에 없는 팔을 뒤로 번쩍 내밀며,
"자아, 어서!"
했다.
진수는 지팡이와 고등어를 각각 한 손에 쥐고, 아버지의 등으로 가서 슬그머니 업혔다. 만도는 팔뚝을 뒤로 돌려서 아들의 하나뿐인 다리를 꼭 안았다. 그리고,
"팔로 내 목을 감아야 될 끼다."
했다.
진수는 무척 황송한 듯 한쪽 눈을 찍 감으면서, 고등어와 지팡이를 든 두 팔로 아버지의 굵은 목줄기를 부둥켜안았다. 만도는 아랫배에 힘을 주며, 끙! 하고 일어났다. 아랫도리가 약간 후들거렸으나 걸어갈 만은 했다.
외나무다리 위로 조심조심 발을 내디디며 만도는 속으로, 이제 새파랗게 젊은 놈이 벌써 이게 무슨 꼴이고, 세상을 잘못 만나서 진수 니 신세도 참 똥이다 똥, 이런 소리를 주워섬겼고, 아버지의 등에 업힌 진수는 곧장 미안스러운 얼굴을 하며, 나꺼정 이렇게 되다니 아부지도 참 복도 더럽게 없지, 차라리 내가 죽어 버렸더라면 나았을 낀데…… 하고 중얼거렸다.
만도는 아직 술기가 약간 있었으나, 용케 몸을 가누며 아들을 업고 외나무다리를 조심조심 건너가는 것이었다.
눈앞에 우뚝 솟은 용머리재가 이 광경을 가만히 내려다보고 있었다.

9. <보기>를 바탕으로 이 글을 이해한 내용으로 적절하지 않은 것은?

─────── 〈보기〉 ───────

　하근찬의 소설 「수난이대」는 일제 강점기와 6·25 전쟁이라는 우리나라의 비극적인 근현대사를 배경으로 한다. 아버지 만도는 일제 강점기 강제 징용으로 팔을 잃었고, 아들 진수는 6·25 전쟁에 참전했다가 다리를 잃는다. 이 작품은 역사적 수난 속에서 고통받는 사람들의 비극적인 삶을 보여 주면서도, 고난을 딛고 함께 살아가고자 하는 가족의 따뜻한 희망을 담고 있다.

① 아버지 만도가 일제 강점기에 강제 징용으로 팔을 잃은 것은, 당시 조선인에게 가해진 일제의 폭압적인 지배를 보여 준다.
② 아들 진수가 전쟁터에서 다리를 잃고 돌아온 것은, 6·25 전쟁이 수많은 개인에게 남긴 회복 불가능한 상흔을 상징한다.
③ 만도와 진수 두 부자가 모두 신체적 장애를 입은 것은, 우리 민족이 겪은 역사적 고난이 '두 세대'에 걸쳐 이어졌음을 압축적으로 보여 준다.
④ 부자의 수난에도 불구하고 만도가 진수를 업고 강을 건너는 장면은, 비극적인 현실 속에서도 삶을 긍정하려는 서민들의 강인한 생명력을 드러낸다.
⑤ 만도가 아들을 업고 집으로 돌아오는 모습은, 6·25 전쟁 이후 급격히 진행된 산업화 과정에서 전통적인 농촌 공동체가 해체되고 가족이 겪는 시련을 상징적으로 보여 준다.

해설

유형 분석

이 문제는 작품의 사회·문화적 배경 파악 및 감상을 묻는 것으로 작품의 내용과 <보기>에 제시된 시대적 상황을 연결하여 작품을 올바르게 이해하고 해석하는 능력을 평가합니다. 특히, 작품의 실제 배경과 관련 없는 외부 정보를 제시하여 시대적 배경의 적절성을 판단하는 변별력을 갖춘 문제 유형입니다.

정답 해설

정답은 ⑤입니다. 소설 「수난이대」의 배경은 일제 강점기와 6·25 전쟁 직후(1950년대)입니다. 선지에 언급된 '급격히 진행된 산업화 과정' 및 '농촌 공동체의 해체'는 주로 1970년대 이후 우리나라 사회의 특징으로, 이 작품의 배경과는 시대적으로 맞지 않는 사회·문화적 상황입니다.

① 아버지 만도가 팔을 잃은 배경은 일제 강점기 강제 징용으로 비행장을 닦던 중 일어난 일로, 이는 당시 일제가 조선인을 강제 동원하고 고통을 준 폭압적인 지배를 상징합니다.

② 아들 진수가 다리를 잃은 것은 6·25 전쟁 참전 결과이며, 이는 전쟁이 개인의 삶에 미친 비극적이고 영구적인 피해를 상징하는 문학적 장치입니다.

③ '두 세대'에 걸쳐 신체적 수난이 이어진 것은, 우리나라 근현대사의 비극적인 고난이 한 세대에 그치지 않고 민족 전체에게 깊은 상처를 남겼음을 집약적으로 보여 줍니다.

④ 만도가 진수를 업고 돌아오는 결말 장면은 신체적 장애라는 비극적 현실을 겪었음에도 불구하고, 부자가 함께 삶을 극복하고 강인하게 살아가고자 하는 희망을 보여 줍니다.

※ 다음 시를 읽고 물음에 답하시오.

(가) 태양을 의논하는 거룩한 이야기는
항상 태양을 등진 곳에서만 비롯하였다.

달빛이 흡사 비 오듯 쏟아지는 밤에도
우리는 헐어진 성터를 헤매이면서
언제 참으로 그 언제 우리 하늘에
오롯한 태양을 모시겠느냐고
가슴을 쥐어뜯으며 이야기하며 이야기하며
가슴을 쥐어뜯지 않았느냐?

그러는 동안에 영영 잃어버린 벗도 있다.
그러는 동안에 멀리 떠나 버린 벗도 있다.
그러는 동안에 몸을 팔아 버린 벗도 있다.
그러는 동안에 맘을 팔아 버린 벗도 있다.

그러는 동안에 드디어 서른여섯 해가 지나갔다.

다시 우러러보는 이 하늘에
겨울밤 달이 아직도 차거니
오는 봄엔 분수처럼 쏟아지는 태양을 안고
그 어느 언덕 꽃덤불에 아늑히 안겨 보리라.

(나) 그리운 그의 얼굴 다시 찾을 수 없어도
화사한 그의 꽃
산에 언덕에 피어날지어이.

그리운 그의 노래 다시 들을 수 없어도

맑은 그 숨결
들에 숲속에 살아갈지어이.

쓸쓸한 마음으로 들길 더듬는 행인아.

눈길 비었거든 바람 담을지네
바람 비었거든 인정 담을지네.

그리운 그의 모습 다시 찾을 수 없어도
울고 간 그의 영혼
들에 언덕에 피어날지어이.

10. (가), (나)에 반영된 사회·문화적 상황을 <보기>의 관점에서 비교하여 이해한 내용으로 적절하지 않은 것은?

〈보기〉

문학 작품은 그것이 창작된 시대의 사회적 분위기, 역사적 사건, 그리고 당대 사람들이 공유하던 가치관을 반영하는 '거울'과 같다. 따라서 작품에 사용된 시어의 상징적 의미나 작가의 태도를 분석할 때에는, 반드시 그 작품이 태어난 시대적 배경을 고려해야 한다. 특히 우리나라 현대사는 광복, 분단, 전쟁, 독재, 민주화라는 격동의 과정을 겪었으며, 이에 따라 각 시대의 문학은 각기 다른 시대적 고뇌와 희망을 담고 있다.

① (가)의 '헐어진 성터'는 광복 직후 외국 군대의 주둔과 이념 대립으로 인해 온전한 자주 국가를 이루지 못한 현실의 절망감을 반영한다.

② (나)의 '그리운 그의 얼굴'은 4·19 혁명 당시 독재 정권에 맞서 민주주의를 위해 희생된 젊은 영웅들의 존재를 상징한다.

③ (가), (나) 모두 비극적인 현실 속에서 창작되었으나, (가)는 잃어버린 조국을 되찾겠다는 의지를, (나)는 희생된 이들의 정신을 계승하려는 의지를 보여 준다.

④ (가)는 광복 직후 새로운 국가 건설에 대한 절망감을 극대화하여 표현함으로써, 결국 독재와 분단이라는 시대적 시련 앞에 좌절할 수밖에 없는 지식인의 한계를 드러낸다.

⑤ 두 시의 배경은 다르지만, (가)의 '태양'과 (나)의 '화사한 그의 꽃'은 모두 암울한 시대 상황을 극복하고 맞이할 새로운 이상향을 상징한다는 공통점이 있다.

해설

유형 분석
이 문제는 작품의 시대적 배경(사회·문화적 상황)과 주제 의식을 연결하여 문학적으로 해석하는 능력을 평가합니다. 특히, 서로 다른 두 시대적 배경과 시적 태도를 정확하게 비교하고, 작품의 핵심 주제를 왜곡하는 부적절한 해석을 판별하는 변별력을 갖추는 데 주안점을 둡니다.

정답 해설
정답은 ④입니다. (가)는 혼란 속에서도 "꽃덤불에 아늑히 안겨 보리라"며 희망과 의지를 다지는 결말입니다. '좌절할 수밖에 없는 지식인의 한계'를 드러낸다는 해석은 작품의 미래 지향적인 주제 의식에 어긋납니다.

① (가)의 '헐어진 성터'는 광복 후 38선 분단과 이념 대립으로 인해 온전한 국가 주권을 회복하지 못한 당시의 절망적인 현실을 상징합니다.

② (나)의 '그리운 그의 얼굴'은 4·19 혁명 때 부정 선거에 항거하여 민주주의를 위해 희생된 젊은 영령들을 상징적으로 지칭합니다.

③ (가), (나) 모두 암울한 현실을 다루지만, (가)는 광복의 완성을, (나)는 4·19 희생자 정신의 영원한 계승을 바라는 의지적 태도를 보여 줍니다.

⑤ (가)의 '태양'과 (나)의 '환사한 그의 꽃'은 각각 광복과 민주주의를 통해 암울한 시대를 극복하고 맞이할 새로운 이상적인 미래를 상징한다는 공통점이 있습니다.

지은이 소개

이재무 「딸기」
시인. 1983년 『삶의 문학』을 통해 등단했다. 시집 『온다던 사람 오지 않고』, 『저녁 6시』, 『한 사람이 있었다』 등을 썼다.

손택수 「나무의 꿈」
시인. 1998년 『한국일보』를 통해 등단했다. 청소년 시집 『나의 첫 소년』, 시집 『나무의 수사학』, 『붉은빛이 여전합니까』, 『눈물이 움직인다』 등을 썼다.

김선우 「작지만 온몸인 은빛 물고기처럼」
시인. 1996년 『창작과비평』을 통해 시인으로 활동하기 시작했다. 청소년 시집 『댄스, 푸른푸른』, 시집 『나의 무한한 혁명에게』, 『녹턴』, 『내 따스한 유령들』 등을 썼다.

김유정 「동백꽃」
소설가. 1935년 『조선일보』와 『중앙일보』를 통해 등단했다. 작품 「금 따는 콩밭」, 「떡」, 「만무방」, 소설집 『동백꽃』 등을 썼다.

성석제 「내가 그린 히말라야시다 그림」
소설가. 1995년 『문학동네』를 통해 소설가로 활동하기 시작했다. 소설집 『황

만근은 이렇게 말했다』, 『지금 행복해』, 장편 소설 『투명 인간』, 『왕을 찾아서』 등을 썼다.

이옥수 「기차가 달려간 곳에는」
소설가. 1992년 『문학』을 통해 등단했다. 청소년 소설 『용기의 쓸모』(공저), 『키싱 마이 라이프』, 『괜찮아 해피엔딩이야』, 『푸른 사다리』 등을 썼다.

김응 「괜찮은 척」
시인. 2005년 『대전일보』를 통해 등단하였다. 청소년 시집 『웃는 버릇』, 동시집 『개떡 똥떡』, 『둘이라서 좋아』, 『마음속 딱 한 글자』 등을 썼다.

김소월 「먼 후일」
시인. 1920년 『창조』를 통해 시인으로 활동하기 시작했다. 시집 『진달래꽃』, 『소월 시집』 등을 썼다.

정진규 「별」
시인. 1960년 『동아일보』를 통해 등단했다. 시집 『별들의 바탕은 어둠이 마땅하다』, 『마른 수수깡의 평화』, 『도둑이 다녀가셨다』, 『본색』 등을 썼다.

이장근 「낙타」
시인. 2008년 『매일신문』을 통해 등단했다. 청소년 시집 『파울볼은 없다』, 『불불 뿔』, 『잘하지는 못했지만 해냈다는 기분』, 동시집 『칠판 볶음밥』, 『우리 반 또맨』 등을 썼다.

정호승 「모든 벽은 문이다」

시인. 1972년 『한국일보』, 1973년 『대한일보』, 1982년 『조선일보』를 통해 등단했다. 산문집 『내 인생에 용기가 되어 준 한마디』, 시집 『슬픔이 기쁨에게』, 『사랑하다가 죽어 버려라』, 『슬픔이 택배로 왔다』, 『편의점에서 잠깐』 등을 썼다.

박지원 「양반전」

조선 후기 문장가이자 실학자. 북학론을 주장하였고 이용후생(利用厚生)의 실학을 강조했다. 작품 「허생전」, 「광문자전」, 「양반전」, 저서 『열하일기』, 문집 『연암집』 등을 썼다.

박루아 「웬만해선 죽지 않아!」

동화 작가. 「노래하는 포도주스」로 동화 작가로 활동하기 시작했다. 『나의 슈퍼걸』을 함께 썼다.

이방원 「하여가」

조선 제3대 왕인 태종으로 '이방원'은 본명이다. 광범위한 분야의 문물제도를 정비하고 중앙 집권을 이룩함으로써 세종 성세의 토대를 닦았다.

정몽주 「단심가」

고려 후기의 문신. 오부 학당과 향교를 세워 후진을 가르치고, 유학을 진흥하여 성리학의 기초를 닦았다. 문집으로 『포은집』이 있다.

신석정 「꽃덤불」

시인. 1931년 『시문학』 동인으로 활동하면서 제3호에 작품을 발표하며 시인으로 활동하기 시작했다. 시집 『그 먼 나라를 알으십니까』, 『촛불』, 『슬픈 목가』

『내 노래하고 싶은 것은』 등을 썼다.

하근찬 「수난이대」
소설가. 1957년 『한국일보』를 통해 등단했다. 단편집으로 『수난이대』, 『흰 종이 수염』, 장편 소설 『야호』, 『달섬 이야기』, 『제국의 칼』 등을 썼다.

신동엽 「산에 언덕에」
시인. 1959년 『조선일보』를 통해 등단했다. 시집 『꽃같이 그대 쓰러진』, 『금강』, 『누가 하늘을 보았다 하는가』 등을 썼다.

유병록 「마음 우물」
시인. 2010년 『동아일보』를 통해 등단했다. 시집 『목숨이 두근거릴 때마다』, 『아무 다짐도 않기로 해요』, 산문집 『안간힘』 등을 썼다.

양귀자 「일용할 양식」
소설가. 1978년 『문학사상』을 통해 등단했다. 소설집 『원미동 사람들』, 『지구를 색칠하는 페인트공』, 장편 소설 『모순』, 『나는 소망한다 내게 금지된 것을』 등을 썼다.

이기호 「아파트먼트 셰르파」
소설가. 1999년 『현대문학』을 통해 등단했다. 짧은 소설 『웬만해선 아무렇지 않다』, 소설집 『갈팡질팡하다가 내 이럴 줄 알았지』, 장편 소설 『명랑한 이시봉의 짧고 투쟁 없는 삶』 등을 썼다.

출처 및 수록 교과서 목록

1부 | 작품의 주제나 분위기를 만드는: 보는 이와 말하는 이

작품명	출처	수록 교과서
딸기	이재무, 『온다던 사람 오지 않고』, 문학과지성사, 2000.	천재(정호웅)
나무의 꿈	손택수, 『나의 첫 소년』, 창비교육, 2017.	비상(박영민)
작지만 온몸인 은빛 물고기처럼	김선우, 『댄스, 푸른푸른』, 창비교육, 2018.	지학사
동백꽃	김유정, 『20세기 한국 소설 5 채만식 김유정』, 창비, 2012.	동아출판, 지학사, 창비교육, 천재(정호웅)
내가 그린 히말라야시다 그림	성석제, 『내가 그린 히말라야시다 그림』, 창비, 2021.	미래엔(민병곤), 비상(박영민)
기차가 달려간 곳에는	이옥수, 『용기의 쓸모』, 뜨인돌, 2025.	비상(박현숙)

2부 | 경험을 형상화하기: 개성적 발상과 표현

작품명	출처	수록 교과서
괜찮은 척	김응, 『웃는 버릇』, 창비교육, 2023.	창비교육
먼 후일, 진달래꽃	김소월, 『김소월 전집』, 서울대학교출판부, 2007.	동아출판, 미래엔(신유식), 비상(박영민), 지학사, 천재(노미숙, 정호웅)
별	정진규, 『별들의 바탕은 어둠이 마땅하다』, 문학세계사, 1990.	동아출판, 지학사
낙타	이장근, 『불불 뿔』, 창비교육, 2021.	천재(노미숙, 정호웅)

작품명	출처	수록 교과서
모든 벽은 문이다	정호승, 『내 인생에 용기가 되어 준 한마디』, 비채, 2023.	미래엔(신유식)
두꺼비 파리를 물고	임형택·고미숙 엮음, 『한국 고전 시가선』, 창비, 2012.	동아출판, 비상(박현숙), 창비교육
양반전	박지원, 김수업 글, 『박지원의 한문소설』, 휴머니스트, 2025.	동아출판, 미래엔(신유식) 비상(박영민), 지학사, 천재(노미숙), 해냄
웬만해선 죽지 않아!	박루아, 『나의 슈퍼걸』, 출판놀이, 2019.	천재(정호웅)

3부 | 작품을 둘러싼 맥락: 사회·문화적 상황

작품명	출처	수록 교과서
하여가	이방원, 심재완 편저, 『정본 시조 대전』, 일조각, 1984.	비상(박영민)
단심가	정몽주, 심재완 편저, 『정본 시조 대전』, 일조각, 1984.	비상(박영민)
꽃덤불	신석정, 『아직은 촛불을 켤 때가 아닙니다』, 미래사, 1996.	천재(정호웅)
수난이대	하근찬, 『하근찬 전집 1: 수난이대』, 산지니, 2021.	미래엔(민병곤), 비상(박영민), 천재(노미숙), 해냄
산에 언덕에	신동엽, 『신동엽 시전집』, 창비, 2013.	해냄
마음 우물	유병록, 『안간힘』, 미디어창비, 2019.	동아출판
일용할 양식	양귀자, 『원미동 사람들』, 살림, 2010.	비상(박현숙)
아파트먼트 셰르파	이기호, 『웬만해선 아무렇지 않다』, 마음산책, 2025.	천재(정호웅)

활동 예시 답안

1부 | 작품의 분위기나 주제를 만드는: 보는 이와 말하는 이

딸기 17쪽
1. 딸기
2. 사투리, 의인법
3. • 화자: 고구마
   • 헌데, 엉덩이 쥐어뜯으면서 / 껍질이 거칠다카고 / 단맛이 덜 올랐다카는 말은 마이소

나무의 꿈 20쪽
1. 다른 사람에게 도움이 되는 존재
2. 화자 자신도 나무이다.
3. 누군가의 몸을 데워 주고 한 줌 재가 되었으니 너의 삶은 충분한 가치가 있어.

작지만 온몸인 은빛 물고기처럼 23쪽

1.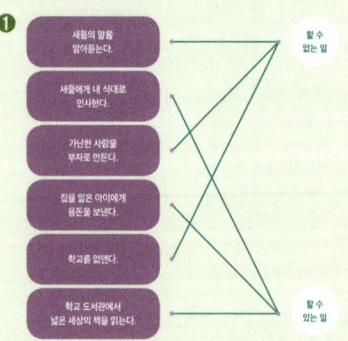

2. 용감하게 자신의 길을 갈 수 있다.
3. 공동체를 소중하게 여기며 자신의 삶을 주체적으로 살아가자.

동백꽃 38쪽
1. 소작농의 아들이다. / 점순이가 닭싸움을 시작한 이유를 정확히 알지 못한다.
2. '나'를 좋아한다는, 모르고, 순진한
3. 점순이와 '나'는 이후로도 티격태격하며 정이 들었겠지만, 집안 차이로 남들은 모르는 풋사랑으로 남았을 것 같다.

내가 그린 히말라야시다 그림 54쪽
1. 0의 '나': 경제적, 물감 / 화가
   1의 '나': 풍족 / 주부, 불만
2. 0의 '나': 그 사건 이후 자신의 그림 능력을 계속 의심하면서 더 나은 그림을 그리기 위해 노력했고 화가가 되었다.
   1의 '나': 상을 받지 못한 것에 불만이 없고, 현재의 삶에 만족하며 지낸다.

기차가 달려간 곳에는 71쪽
1. • 일을 하는데 아들에게 전화가 왔다.
   ─ 아빠 어디고? 내 서울 왔다. 아빠 집 앞이다.
   내가 어떻게 사는지 아들에게 보여 주고 싶지 않은데, 당황한 나는 대뜸 소리를 질렀다.
   ─ 뭐라고? 연락도 없이 오면 어떡하노?
   (이하 생략)
   • 아빠의 당황한 마음이 좀 더 섬세하게 드러남으로써 힘든 삶을 참고 사는 어른의 무게가 부각된다.

2. 아빠를 만나러 갈 때는 아빠와 떨어져 지내야 하는 상황에 불만이 많았지만 아빠가 힘들게 지내는 모습을 보고 아빠를 이해하게 되었으며 아빠를 응원하며 함께 살 날을 인내심을 갖고 기다리게 되었다.

2부 | 경험을 형상화하기: 개성적 발상과 표현

괜찮은 척 80쪽

❶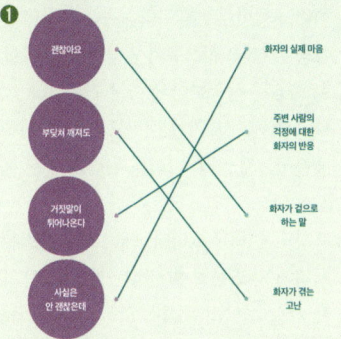

❷ 자신의 아픔을 숨기고 강한 척하려고, 자신의 상처를 드러내고 싶지 않아서
❸ 안 괜찮은(힘든), 반어, 강조되어(강하게)
❹ 괜찮지 않아도 괜찮아. 아프다고 말해도, 약하다고 보여도 그게 너를 덜 빛나게 하는 건 아니야. 지금처럼 참지 않아도, 그대로의 너는 충분히 단단해.

먼 후일 83쪽

❶ 잊었노라 / 사랑하는 사람과 이별함.
❷ '아직도 잊지 못하고 있다'고 생각할, '사실은 하루도 잊은 적이 없다'고 말하고 싶을, '정말로는 그립다'고 고백하고 싶을
❸ 반어 / 속마음을 반대로 표현하여 자신의 생각이나 감정을 강조할 수 있다.

별 86쪽

❶ 평온하고 안정된 상황 / 어려움을 겪고 있는 사람들
❷ 지금 대낮인 사람들은 어둡다, 겉으로는 아무런 문제가 없어 보이지만 실제로는 진짜 중요한 것을 보지 못한다는 의미이다.

❸ 고통이나 어둠 속에 있는 사람만이 진정한 아름다움이나 진실을 볼 수 있으며, 그로부터 삶의 의미 있는 것을 창조할 수 있다.

낙타 89쪽

❶ 어려운 환경 속에서도 버티게 하는 힘
❷ 혼자 갈 때도 / 혼자 가는 게 아니다
혼자 가지만 / 혼자 가는 게 아니다
❸ 마음속에 꿈과 희망을 품고 있는 사람은 어려움 속에서도 끝까지 버티며 앞으로 나아갈 수 있다.

모든 벽은 문이다 95쪽

❶ 글쓴이는 해리 포터가 벽을 통과해 마법 세계로 가는 장면을 예로 들어, 우리 삶에서도 벽처럼 보이는 순간이 사실은 문이 될 수 있다는 메시지를 전하고자 했다. 이 부분을 통해 벽을 다르게 바라보는 시각의 중요성을 쉽게 이해할 수 있다.
❷ 겉으로는 모순되어 보이지만, 그 안에 진리를 담은 '역설적 표현'이다.
❸ 장애물, 기회의 문

두꺼비 파리를 물고 97쪽

❶ 두꺼비 / 파리를 물고 두엄 위에 기세등등하게 앉아 있다가, 더 센 존재인 백송골을 보고 깜짝 놀라 풀떡 뛰어 내닫다가 두엄 아래로 자빠지는 모습 / 자기가 놀라서 넘어진 것을 인정하지 않고, 허세를 부리며 자기 합리화를 하는 모습
❷ 중앙 관리, 지방 관리, 백성 / 풍자(비판, 조롱, 고발, 폭로 등)

양반전 106쪽

❶ 체면, 특권

❷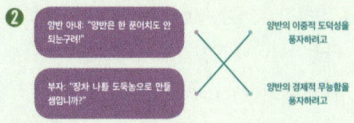

❸ 같은 무료인데? / 생략

웬만해선 죽지 않아! 124쪽

❶ 나 → 가 → 마 → 라 → 다

❷ 관용적인 태도를 보이며 공존 의식을 갖고 있다. / 생명을 경시하며 이기적이다.

❸ 첫째 사위: 첫째 사위가 의기양양하게 커다란 도끼를 들고 와서 내려쳤다. 하지만 땅 하는 소리만 요란할 뿐 달팽이는 끄떡도 하지 않았다. 갑자기 첫째 사위가 헉! 신음 소리를 내며 바닥에 주저앉았다. "으…… 허리가 삐끗한 것 같아."

장어 영감:
- 장어 영감이 씩씩거리며 내려와 달팽이를 발로 마구 찼다. 하지만 제 발만 아파 발을 움켜쥐며 악다구니를 썼다.
- 갑자기 껍데기 속에서 달팽이가 쑥 나오더니 장어 영감 얼굴에 착 들러붙었다. "앗! 뜨거!" 장어 영감은 벌떡 일어났다. 달팽이는 바닥에 툭 떨어져 어디론가 굴러갔다. 장어 영감은 두 손으로 얼굴을 감싸며 팔딱팔딱 뛰었다.

3부 | 작품을 둘러싼 맥락: 사회·문화적 상황

하여가/단심가 134쪽

❶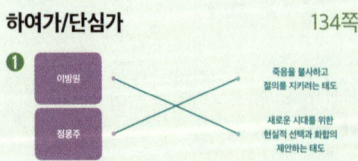

- 이방원 선택: 권문세족이 백성을 괴롭히고 정치가 매우 혼란스러운 상황에서 썩어 버린 제도를 고집하기보다 백성들을 위해 새로운 나라를 세우는 것이 더 현실적이고 올바른 선택이다.
- 정몽주 선택: 신하로서 임금과 나라에 대한 충성은 생명보다 소중한 가치이다. 비록 고려에 문제가 있더라도 개혁을 통해 해결해야지, 아예 나라를 뒤엎는 것은 옳지 않다.

❷
- 나의 선택은 A이다. 왜냐하면 문화는 시대에 따라 변화·발전하는 것이고, 전 세계 사람이 우리 문화를 좋아하고 받아들일 수 있도록 현대적으로 개선하는 것이 더 많은 사람에게 한국 문화를 알릴 수 있는 길이기 때문이다. 따라서 전통의 핵심 정신은 유지하되 형식은 시대에 맞게 변화시켜 세계 무대에서 경쟁력을 갖추는 것이 바람직하다고 생각한다.
- 나의 선택은 B이다. 왜냐하면 우리만의 고유한 문화적 정체성이 사라지면 다른 나라와 구별되는 특색을 잃게 되고, 조상들이 물려준 소중한 문화유산이 우리 세대에서 훼손될 수 있기 때문이다. 따라서 우리 전통 문화의 원형을 그대로 보존하여 후손에게 전해 주는 것이 바람직하다고 생각한다.

꽃덤불 138쪽

❶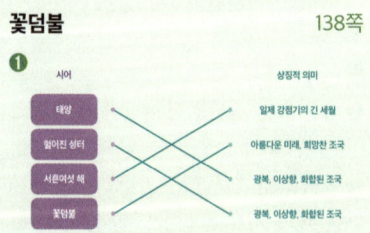

- 삼팔선으로 남북이 분단되고 소련군과 미군이 각각 북쪽과 남쪽을 통치하게 되었으며, 좌익과 우익으로 나뉘어 이념 대립이 심화되어 친구와 가족마저 갈라지는 / 진정한 광복이 아직 이루어지지 않았다고 인식하면서도 절망하지 않고 평화로운 통일 조국을 이루겠다는 의지적이고 미래지향적인
- ❷ 분열을 극복하고 하나 된 공동체를 만들려는 의지, 어려운 현실에 굴복하지 말고, 생각이 다른 사람들과도 화합하여 더 나은 세상을 만들어 가려는 희망의 메시지

수난이대 160쪽
- ❶ 팔, 고등어, 다리, 만도, 진수
- ❷ 시련(고난) / 장애를 극복하고 함께 살아갈 의지를 드러낸 것이야.
- ❸ 징용(일제 강점기), 비행장 공사장 / 6·25 전쟁, 지팡이

산에 언덕에 164쪽
- ❶ • 4·19혁명 때 희생된 젊은이들과 민주주의를 위해 목숨 바친 분들입니다.
  - • 4·19 혁명 때 희생된 사람들을 잃고 슬픔 속에서 살아가는 사람들, 또는 암울한 시대를 살아가며 방황하는 당대의 사람들입니다.
- ❷ 희생, 민주주의, 애도, 정신, 의지적

마음 우물 170쪽
- ❶ • 과거: 우물, 신기함과 만족스러움
  - • 현재: 보일러, 오염됨
- ❷ 사라지게, 깊은 우물, 시원한 마음, 부족하다
- ❸ 걱정하는 마음, 돌보려는 마음 / 위로받는 마음, 다시 도전하는 마음 / 용기를 내는 마음, 희망적인 마음

일용할 양식 186쪽
- ❶ 형제슈퍼의 김 반장은 서울로 가게를 이전하려고 준비하고 있었다.
- ❷ 생필품 구입을 대체로 가까운 가게에서 해결하며, 작은 돈에도 민감하게 반응한다. / 같은 업종끼리는 거리를 두는 것이 예의이지만 지켜지지 않아 갈등이 발생하였다.
- ❸ '싱싱청과물'이 생기자 김포슈퍼와 형제슈퍼는 손님을 빼앗기지 않으려고 더 치열하게 가격 경쟁을 벌인다. 경쟁이 심해지면서 가게들 사이에 싸움이 잦아져, 동네 분위기가 더 불편해진다.

아파트먼트 셰르파 191쪽
- ❶ 기숙사, 고시원 / 승강기(엘리베이터), 계단 / 배달 사원
- ❷ • 주민들의 이용이 불편하고 승강기 유지 관리비가 발생하므로
  - • 작가는 자신들의 편의만 생각하고 사회적 약자는 배려하지 않는 현대 사회의 이기주의 현상을 비판하려고 했다. 또한 공동체 의식이 부족해진 현대인들에게 타인에 대한 배려와 사회적 약자에 대한 관심을 촉구하고자 하는 의도를 담으려 했다.

국어 한 권: 중 2 문학

초판 1쇄 발행 2025년 11월 7일

엮은이 • 김미성 신지연 오요한 전보영
펴낸이 • 황혜숙
편집 • 김현정
조판 • 이주니
펴낸곳 • ㈜창비교육
등록 • 2014년 6월 20일 제2014-000183호
주소 • 04004 서울특별시 마포구 월드컵로12길 7
전화 • 1833-7247
팩스 • 영업 070-4838-4938 | 편집 02-6949-0953
홈페이지 • www.changbiedu.com
전자우편 • contents@changbi.com

ⓒ ㈜창비교육 2025
ISBN 979-11-6570-368-4 44810
ISBN 979-11-6570-370-7 (전 2권)

* 이 책 내용의 전부 또는 일부를 재사용하려면
  반드시 저작권자와 ㈜창비교육 양측의 동의를 받아야 합니다.
* 책값은 뒤표지에 표시되어 있습니다.